Espoirs et Servitudes

Jeanne et Théo

© Editions La Belle Terre
975 route des Granges 74800 Arenthon
Mail : editionlabelleterre@yahoo.fr

ISBN : 978-2-7466-1230-3
Dépôt légal : septembre 2009

Louis Caul-Futy

Espoirs et Servitudes

Jeanne et Théo

Editions
La Belle Terre

A Yette et à mes enfants,
Bernard, Jean-Henri, Myriam,
Patrice, Thierry et Nathalie...

Espoirs et servitudes

Une enfance pauvre, un travail obligé chez les autres, une famille disloquée, puis la guerre, le front, la lutte pour la vie, la solitude, les gaz, la peur, la soumission au maître, puis la guerre à nouveau, la privation, l'humiliation et encore, enfin la maladie, l'impossible rêve... servitudes.

C'est tout cela la vie de Théo et Jeanne. Mais en même temps, c'est aussi le bonheur des campagnes, l'exaltation de la jeunesse, la joie de l'armistice, le retour, la rencontre, la famille heureuse, la libération, le rêve, les rêves d'une vraie liberté, d'un autre avenir à eux... espoir.

Espoir et servitudes...

Comme des milliers d'autres, ils ont traversé le siècle, entraînés dans ses turbulences, écrasés par ses chocs, éprouvés, écorchés par ses déchirures, humiliés par ses oppressions; comme des milliers d'autres, ils ont été emportés à chaque étape de leur vie dans ces bouleversements répétés d'un siècle cruellement malade, qui a outrageusement mêlé le progrès à la violence, les idéologies aux régressions, les espoirs aux servitudes...

« Nous avons ensemble marché si longtemps
Que les avoines ne nous ont points quittés
Le ruisseau nous accompagne depuis ce jour
Où l'accord se fit entre nos âmes...»

Jean Malrieu

Note de l'auteur

Cette histoire commence par un regard rapide porté sur deux villages haut-savoyards :

- L'un de montagne, Le Reposoir
- L'autre de plaine, Epagny

Ces villages sont les leurs…

L'histoire se poursuit par le surgissement successif des deux guerres :

- La « Grande Guerre » de 14-18
- La seconde de 39-45

Avec Théo, jeune soldat, sur le front, sur les fronts; dans la première, à nouveau mobilisé pour la deuxième après quelques années de paix.
Avec Jeanne, enfant gardienne de la maison dès 1915, puis mère sous l'occupation dans les années 40.

L'histoire fait revivre la ferme où va se former, s'épanouir la famille, où le travail des champs et la loi du maître seront le quotidien. L'histoire rappelle le travail des champs, la peine et la joie de l'un et de l'autre, la maladie et la mort de Théo, la solitude de Jeanne et la vie qui se poursuit, la fin d'une histoire. L'histoire enfin, parcourt le siècle passé fait de chocs et de heurts et observe avec appréhension celui qui s'amorce, entraîne dans la spirale inquiétante de l'argent, de l'angoisse, de la peur…

Souvenirs, émotions sèment ça et là, au cœur de cette histoire, images, paroles, gestes, anecdotes… qui émergent de nos mémoires comme autant de soleils, ciment et lumière de notre culture.

La légende du siècle

Ce siècle, le XXème, a connu des bouleversements considérables qui résultent du croisement des grands facteurs historiques, particulièrement déterminants en Savoie :

- La recomposition des Territoires, par les guerres successives, dans le cadre des Etats Modernes.
- L'explosion économique pour le tourisme et le décolletage notamment.
- L'urbanisation progressive.

La « Grande Guerre » éclate parce que des comptes restent à régler, entre l'Allemagne et la France à cause de l'Alsace-Lorraine notamment, entre l'Italie, la France et l'Autriche, à cause des limites France-Piémont et Autriche-Italie... La 2ème guerre mondiale (39/45) trouve aussi, pour une part, son origine dans cette même volonté de reclassement des frontières et la recomposition des territoires se fera à partir de 1919 pour aboutir aux frontières modernes que nous connaissons aujourd'hui. Les constructions politiques ont donc joué fortement avec les contraintes, atouts, les enjeux des territoires. Et c'est de ce jeu cruel dont tant d'hommes et de femmes ont pâti qu'a découlé le long scénario de l'évolution économique et sociale du pays et en particulier, de notre région.

Par ailleurs, toutes les Alpes, et bien évidemment la Savoie furent paysannes, cramponnées à l'autosuffisance locale, dans ses multiples facettes ; des genres de vie tous semblables, mais chacun étant en même temps original. Or, le développement industriel qui surgit avec le début du siècle, endigue l'exode rural mais introduit la modernité en montagne par le tourisme ; il révolutionne l'agriculture dans les plaines par la mécanisation ; il assure l'extension d'un tissu de P.M.E. dynamiques... Cette profonde mutation au cours du siècle qui fait basculer l'économie d'autosuffisance paysanne au contexte technico-industriel contemporain a contribué au brassage des populations, au transfert de la jeune main d'œuvre des zones de montagne vers la plaine pour répondre à l'offre de l'économie nouvelle des fermes et des usines, en exigeant des femmes et des hommes de l'époque des adaptations brutales et impératives.

Une autre révolution est apparue dans ce même temps, qui se prolonge encore, voire même qui s'accélère, c'est l'urbanisation. A cause de la concentration de l'industrie mécanique, à cause du tourisme massif se sont développés en quelques décennies des noyaux urbains qui bouleversent cet environnement naturel qui fut l'héritage de générations paysannes durant plusieurs millénaires.

Pendant ces quelques cent années qui ont recouvert la période de vie de Théo et de Jeanne et de tant d'autres, l'espace alpin rural qui a été le lieu de l'enracinement familial, celui de la survie opiniâtre, celui de l'identité régionale, est devenu, à force de stratégies conflictuelles, de frénésies techniques, de concentrations massives, celui des bouleversements, des traumatismes et des douloureux efforts d'adaptation au niveau familial, résidentiel, professionnel, social et culturel.

Ces femmes et ces hommes embarqués dans le grand bouleversement du siècle ont été les acteurs obligés de tous les affrontements, les victimes résignées des oppressions, les sujets soumis des mutations… mais en même temps, ils ont été des citoyens critiques et des gens d'honneur…
Ils ont subi mais fait aussi l'histoire. Dans cette extraordinaire légende du siècle, ils ont construit leur vie modestement,

laborieusement, consciencieusement, enracinés sur des valeurs qu'ils nous invitent à vivre… encore.

Mémoire et message

Décembre 2006. J'ai entrepris ce travail de mémoire sur « Théo et Jeanne » avec la collaboration de ma sœur, Eliane et de mes frères, Marcel et Pierre, et de la Marie de l'Etoile.

J'ai pris le temps de le faire, par curiosité et par émotion. J'ai voulu le faire aussi pour témoigner d'une histoire, celle, séparément de Théo et de Jeanne et celle de leur vie commune en temps de guerre, en temps de paix, dans une période où se sont succédés, mélangés, la joie, la peine, l'espoir, la souffrance, la séparation…

Je leur dois bien ça, nous leur devons bien ça, à ce père et à cette mère qui en 56 ans pour l'un, en 82 ans pour l'autre, nous ont apporté ce qu'ils avaient de meilleur à transmettre.
Ce meilleur, ils l'ont l'un et l'autre puisé dans une expérience de vie où les valeurs de courage, de fierté, de loyauté, d'honnêteté en constituent le fondement.

Ce modeste témoignage d'amour que nous leur rendons aujourd'hui, ma sœur, mes frères et moi, vient signifier aussi notre fidélité à leur message, en espérant être à la hauteur.

Dans toute l'histoire de Vie, il y a d'abord l'histoire d'une famille. C'est le passé partagé avec nos parents qui forme l'essentiel de ce qui nous inscrit, chacun dans le temps. Ce passé, celui de ma sœur Eliane, celui de mes frères Marcel et Pierre, le mien, a été constitué par des histoires de vie communes mais aussi singulières ; histoire mêlées ou séparées… Mais comme tout groupe humain, la famille est beaucoup plus que la somme des personnes qui la composent. Et le nôtre, inscrite dans ce passé vécu avec Jeanne et Théo, nos parents, a été aussi cette autre chose… une existence et une force qui se sont imposées à nous, qui ont façonné notre conscience ; et orienté, parfois de façon significative le cours de notre vie.

Toute famille a une histoire propre et unique. La nôtre n'a pas dérogé à la règle, parce que structurée par nos vécus collectifs, par nos habitudes, par nos langages, par les rythmes qui ont cimenté la tradition familiale.
Reconstruire l'histoire de Jeanne et Théo, écrire sur la vie d'une mère et d'un père, c'est inscrire dans cette mémoire recomposée, la légitimité de ma propre histoire et de celle, singulière également, de ma sœur et de mes frères qui se sont associés à ce travail.
Chacun se retrouve en effet dans cette recomposition, par fragments, d'un récit qui fait se rencontrer le collectif et l'individuel, le passé et le présent, le souvenir et l'oubli.

Si la somme des expériences, des itinéraires de Jeanne et Théo, à la fois éclairés d'espoirs et noircis de servitudes, révèle la terre dans laquelle notre histoire s'est enracinée, elle dit aussi l'extraordinaire épaisseur culturelle et sociale de ce qui a constitué une part considérable de la population rurale de cette époque.

Voici l'histoire de Jeanne et Théo

Ils vont nous raconter, au-delà de leur mort, ceux qu'ils ont été, fille et fils de la plaine et de la montagne, enfants de la terre des Alpes, fillette au travail de la ferme, jeune soldat des tranchées, exploitants de la terre des Maîtres, Père et Mère heureux de quatre enfants.

Lui mort trop tôt de blessures et de souffrances, elle morte plus tard de fatigues et de vieillesse mais vivants. Là où ils sont, là où nous sommes.

Il était une fois... Jeanne et Théo.

Le 19ème siècle se termine quand Joseph Théodore voit le jour, le 23 juin 1897 dans le village du Reposoir, puis, le 20ème siècle qui commence va accueillir le 15 août 1906, Jeanne Vincent, à Saint-Julien en Genevois.

Le 20ème siècle a été celui du développement de la société industrielle, annoncé dès la fin du 18ème; développement qui se traduit par des mutations importantes dans le domaine des sciences et des techniques en même temps qu'il favorise le basculement d'une civilisation rurale vers une civilisation urbaine.

Ce siècle sera aussi, hélas celui de deux grandes guerres mondiales, celui des conflits ethniques, des divisions, de la violence des groupes et des individus. Il va être paradoxalement, celui de l'indépendance des peuples, celui de la paix retrouvée dans un Europe pacifiée et unifiée.

Mais l'histoire des hommes, transgresse le calendrier des siècles. Elle enjambe en effet, leurs limites, en faisant se rejoindre dans le temps d'une vie, celles et ceux qui ont décidé de partager la leur.

C'est ainsi que la jonction s'est faite entre les deux siècles, le jour où Théo et Jeanne se sont rencontrés, se sont aimés puis ont entrepris un itinéraire commun, en unissant leurs forces, leur courage, leur savoir-faire et leurs talents.

Ils naissent avec le siècle.

Ils naissent avec le siècle.

C'est la période du début de l'industrialisation. En Savoie, la houille blanche constitue une formidable richesse qui va transformer rapidement l'industrie savoyarde dans les vallées des Alpes du nord. L'énergie électrique va favoriser le développement des usines électrométallurgiques et électrochimiques qui se construisent au pied des centrales. Elle apporte aussi sa force à des industries traditionnelles et à des ateliers familiaux.

L'industrialisation de la Savoie par la houille blanche entraîne alors la transformation du paysage et de la vie des Savoyards. Des petits propriétaires, des journaliers, s'en vont travailler à l'usine. Beaucoup deviennent des paysans- ouvriers. D'autres, en provenance des hautes vallées, vont être attirés dans les zones de plaine (le Genevois – le Bas Chablais) exploitations se développent grâce aux technologies nouvelles.

C'est dans cette période charnière, entre deux siècles et entre deux modes de vie, que sont nés Théo (1897) et Jeanne (1906). On va voir qu'ils vont vivre, par la force des choses, la transformation de leur monde et qu'ils vont devoir se soumettre –bon gré, mal gré - aux tragédies qui se préparent.

Joseph Théodore Caul-Futy, que l'on appellera toute sa vie, Théo, est né au Reposoir le 23 juin 1897.
Son père Basile Auguste Caul-Futy est né en 1868.
Il est paysan-bûcheron-berger, chargé en particulier des travaux d'extérieur au Monastère de la Chartreuse du Reposoir.
Sa mère Joséphine Alexandrine Pasquier, née en 1864, meurt jeune en 1907 ! Elle a 43 ans, Théo a dix ans.
Théo a quatre frères et sœurs : Alexandrine son ainée, puis il

est suivi par Elie et Wilfrid, qui va mourir accidentellement à quatre ans, et Angeline.

Jeanne-Marie Vinvent, est née à Saint-Julien en Genevois, le 15 août 1906.
Son père, Joseph Marie Vincent est né en 1872.
Sa mère Louise Hoffmann, née en 1884, est fille de Louis Hoffmann, d'origine autrichienne, petit artisan cordonnier à St Julien. Elle aussi, meurt jeune. Elle a 32 ans, Jeanne a également dix ans.
Jeanne a deux sœurs : Germaine, l'aînée et Adèle, la plus jeune.

Nous savons peu de choses sur leur enfance et sur leur adolescence. Théo- au Reposoir- est sans doute un bon écolier (il écrit bien et ne fait que peu de fautes d'orthographe) ; il aide aux travaux de son père et de son oncle (les bêtes, le bois, les foins et les moissons) (*). Jusqu'à ses 18 ans ; fin 1915, il s'engage pour partir sur le front où il sera dès le début de 1916. Il ne reviendra qu'en 1920, comme nous le verrons…

Jeanne à Epagny (Jonzier) - va vivre les années de guerre, très seule dans la maison - elle a 8 ans en 1914 - son père a été mobilisé dès 1915 et sa mère Louise (**), est partie à Paris, contrainte de quitter ses 3 filles à cause de ses belles-

(*) C'est une famille de « paysans sans terre » comme le fait remarquer Théo dans une de ses lettres lorsqu'il demande l'appui de son oncle pour obtenir une permission.
(**) Louise est d'origine autrichienne. Fille de J.M. Hoffmann, cordonnier au lieu dit « sous la toit » à St Julien en Genevois, elle sera contrainte de quitter sa famille à Epagny, tellement « les tantes » lui rendent la vie difficile… La xénophobie est une « vieille maladie » qui s'installe dans les âmes bien pensantes de toutes les époques. Louise meurt à Paris. Elle est enterrée au Cimetière du Père Lachaise que Jeanne, sa fille, a été heureuse de visiter en 1975.

sœurs. Elle mourra à Paris quelques années plus tard. Le père, Joseph, reviendra de la guerre et retrouvera ses filles, dont l'aînée Germaine, a été accueillie par des cousins, à Gaillard, et Adèle, la plus jeune, a été prise en charge par « les tantes ». Jeanne est restée seule, à côté de chez l'oncle Nestor le frère de son père, de 1915 à 1918.

Le Reposoir

Le Reposoir, en 1897, n'était pas le village d'aujourd'hui : cette charmante petite station de montagne agrandie de coquettes constructions récentes qui tapissent les coteaux, rénovée, diversifiée, dans son centre grâce à un habitat coloré, fleuri et accueillant.

En 1897, le Val de Béol, c'est ainsi qu'était nommé la vallée du Reposoir avant la fondation définitive du couvent en 1151. Le couvent, c'est la superbe Chartreuse, que l'on découvre en arrivant au village sur la rive droite du Foron ; en regardant le petit plateau situé à quelques 800 mètres, du torrent, on voit émerger des massifs de sapins, les murs dentelés du monastère. Au dessus, se dressent les rochers striés de névés que couronne dignement la pointe Percée, du haut de ses 2752 m.

Sur le fronton triangulaire du portail central du Monastère une statue de la Vierge apparaît dans une niche avec l'inscription : JANUA COELI

Puis au dessus de l'Arc de la Voûte :

AYMO DE FULCINIACO
FUNDAVIT ANNO 1551
RESTAURATUR ANNO 1671

Aymon du Faucigny, fils de Hubert de Faucigny, est en effet le porteur du projet de création d'un couvent dans cette vallée. Mais c'est Jean d'Espagne qui arrivant de la Chartreuse de Montrieux en Provence, convainc le Supérieur de l'Ordre de fonder la Chartreuse du Val de Béol en 1151. C'est lui d'ailleurs, qui, devenu premier prieur du Monastère, a baptisé du nom Reposatorium, les quelques masures qui à l'époque bordaient le Foron, ce fut dés lors le nom nouveau - Le Reposoir - de l'ancienne vallée du Béol.

La vallée du Reposoir est érigée en commune vers le milieu du XIXème siècle seulement avec Pralong comme chef lieu. Elle forme une sorte de cuvette, ouverte sur de grandes forêts aux essences diverses ainsi que de vastes pâturages parsemés de chalets et elle possède, dit-on la flore la plus riche de la région des Alpes. Dominé au Nord par la chaîne des Veigys qu'on appelle le Bargy, au Sud par la chaîne des Aravis, le Foron, qui descend du Col des Annes rejoint en bas le village le Nant d'Aufférant avant de s'enfoncer dans les gorges qui donnent accès à la Vallée pour aller bientôt se perdre dans l'Arve.

Au-dessus du village sur le côté droit, en direction de la Chartreuse, un très modeste chalet situé en lisière de la forêt dominait Pralong. L'endroit portait le nom de Verdun. C'est là, à Verdun, que vivaient Théo et sa famille. Depuis, le chalet s'est dégradé, et peu à peu envahi par les bois, Verdun disparut. Quelques ruines permettent aujourd'hui de repérer l'endroit où Théo vécut son enfance et une partie de sa jeunesse.

En faisant une incursion sur cette terre, à l'orée de la forêt qui ensevelit désormais l'ancienne demeure, on domine le village. En face, se dresse Romme, perché sur son haut plateau, d'où surgit le soleil, qui à l'aube, commence à enflammer la crête dentelée des sapins. Le silence s'impose comme une présence lourde, rompue brusquement par le bruit d'un moteur ou l'aboiement d'un chien. A droite, à quelques centaines de mètres, s'offre au regard, le tableau digne et intime des murs dentelés de l'imposante Chartreuse devant laquelle sommeille un charmant petit lac qui ajoute à la beauté des lieux.

J'imagine Théo, gamin, courant sur le sentier, grimpant sur le chemin qui rejoint Pralong en côtoyant la base des pentes de la montagne. Je l'imagine, de sa maison regardant la Vallée, écoutant le silence, s'égarant dans les bois... Je l'imagine... Je le pense, je le perçois comme un pur produit de cette terre de montagne, façonné par l'aridité du relief, la rigueur de son climat, la précarité de l'habitat familial, la dureté du travail précoce, la pesanteur de la solitude, mais aussi par la beauté du décor...

L'été, là-haut en effet, s'offrent au regard toutes les nuances des verts des alpages et des forêts, coiffées par le rose-ocre des rochers. L'hiver, s'étend de partout la couverture blanche d'une neige qui rend plus impressionnant encore le silence de la vallée, et plus grandiose encore la majesté des cimes. Je pense aussi que cette terre, ce coin perdu a fait, très tôt, de ce garçon, un être curieux de l'au-delà de ses montagnes, puis un homme déterminé mais discret, farouchement attaché à la terre, opiniâtre, exigeant mais bon. Silencieux mais ouvert à la vie et aux autres.

Epagny

Epagny est un hameau de Jonzier, commune située sur la départementale entre Viry et Frangy. Riche d'une douzaine de maisons, le petit village, accroché à la colline, n'a rien de très pittoresque. Une route le traverse, reliant Jonzier à Savigny. Ces villages peuplent ce secteur du Genevois haut savoyard qui domine la plaine des bords du Rhône et du Léman, au

Nord, et celle de Frangy au Sud, d'où émergent le Vuache à l'Ouest et le Mont de Musiège au Levant.

C'est là, dans un angle de ferme en bordure de route que Jeanne va grandir. Son père, Joseph Vincent, préalablement fermier à saint Julien-en-Genevois, avec ses sœurs, Célestine, Alphonsine et Marguerite, va rejoindre Epagny au début des années 1900. Il exploite quelques petites terres en même temps qu'il exerce un peu le métier de menuisier. Dans le grand bâtiment de ferme dont il occupe un angle avec sa famille, son frère Nestor est paysan lui aussi; il occupe avec sa famille, sa femme, la tante Marthe, Liliane, Pierre et Paul les trois enfants, la plus grande partie du corps de ferme. La famille de Joseph, c'est son épouse bien sûr, Louise et ses trois filles, Germaine (1904), Jeanne (1906) et Adèle (1908).

Louise, la mère de Jeanne est d'origine autrichienne, Son père, Louis Hoffman, est cordonnier à St Julien-en-Genevois, au hameau de Lathoit. A cause de son origine, les sœurs de Joseph, « les tantes » ne l'aiment pas; bien plus, elles la haïssent ; elles l'appellent « l'Autrichienne », « l'Allemande »; elles la harcèlent, « lui font les pires saloperies » comme le disait Jeanne. Face à cette méchanceté, à cette cruauté même, qu'accentuent les bruits de guerre, Louise, n'en pouvant plus, se sentant exclue, se résigne à quitter la maison, son mari, ses filles. Elle s'enfuit pour Paris. Joseph, sans doute trop faible pour affronter ses sœurs, va en souffrir beaucoup... D'autant qu'il ne la reverra plus... Quant aux filles, elles porteront toute leur vie, le poids de cette absence, de ce départ obligé, que Jeanne ne pardonnera jamais aux tantes. Louise, la pauvre exilée, se retrouve à Paris à la veille de la guerre, elle trouvera un travail d'employée de maison, avant de mourir, misérablement seule et malade en 1916.

La vie à Epagny, après le départ de Louise, n'est pas drôle. La famille disloquée, les tantes qui font « la loi » comme disait

Jeanne encore, le père malheureux, les filles éprouvées par cette rupture et un village qui n'est pas très réconfortant...

Les tantes vont organiser la séparation des filles : elles confient Germaine aux grands parents Hoffman, à Saint-Julien, puis à Gaillard. Elles prennent en charge Adèle, chez elle à Epagny et à St Julien où elles ont un petit atelier de couture. Elles ont laissé Jeanne à son père, où elle va devoir l'aider aux travaux de la toute petite exploitation. Un jardin, un ou deux prés, une petite vigne et puis une vache, un cheval et une chèvre. Pour ces raisons et du fait également que le village soit situé à trois kilomètres du bourg, elle ne fera pas une très bonne scolarité.

Dans cet Epagny isolé et cette famille déstructurée, je l'imagine, gamine, rêver dans ce quotidien limité, sans plus d'horizon que celui d'un environnement humain et matériel étriqué et d'une campagne dont seules les saisons assurent la diversité.

Je la vois pleurant discrètement une mère absente, cherchant à comprendre, prenant soin de son père, avec lequel d'ailleurs, elle gardera une relation très étroite, soucieuse, attentive et, par nécessité travailleuse et débrouillarde... On verra d'ailleurs, dans le courrier que lui adresse son père, mobilisé en 1916, combien il compte sur elle et avec quelle tendresse il lui parle en l'appelant « ma petite Jeannou ».

Je me souviens de lui, ce grand-père Joseph venant nous rendre visite à la ferme de Vulbens : il était joyeux; il avait un beau cheval gris que j'admirais.

De Jeanne, la gamine pauvre mais volontaire de la première guerre, à la mère énergique mais sécurisante des années 40, il y a vingt ans de lutte, de travail et de foi, d'espoir aussi.

La guerre... et ses ravages

La guerre... et ses ravages.

1914-1920

Au début de 1914. La paix semble précaire. La course aux armements contribue à rendre l'opinion inquiète. L'augmentation des charges militaires touche toute la population et, pour faire voter les nouvelles lois, les gouvernements insistent sur la possibilité d'un conflit. Pourtant le nationalisme prend une importance accrue. La plupart des dirigeants, estiment inévitable une guerre générale.

La France est revancharde, même si les socialistes condamnent la guerre. L'Allemagne qui veut préserver l'Autriche-Hongrie, est sûre de sa puissance, avec des effectifs militaires augmentés depuis 1913. Le 31 juillet, tandis qu'au milieu de l'exaltation générale, Jaurès, qui s'oppose farouchement à la guerre, est assassiné par Raoul Villain, les positions officielles se durcissent; l'Etat Major redoute d'être pris de vitesse par l'Allemagne. Le 1er août, la mobilisation générale est décidée. Le 3 août, l'Allemagne déclare la guerre à la France.

L'année d'ailleurs avait mal commencé. Un jour de février, à Paris, cent mille personnes suivent les obsèques du président de la ligue des patriotes, Paul Déroulède. Du cortège s'est élevé comme un murmure qui s'est enflé, pour enfin gronder comme un tonnerre. Ce défilé, c'était en quelque sorte l'avant-garde des armées en guerre. Dès le 2 août, la mobilisation bat son plein. La contagion patriotique voire cocardière se répand partout, s'engouffre jusque dans nos vallées. On part, on s'engage, on chante déjà victoire. Les soldats partent en chantant, les femmes, bourgeoises et ouvrières, offrent leur enfant à la patrie; en ville, les ouvrières de la CGT se retrouvent dans l'union sacrée avec les forces de police... On croit à une guerre juste, courte et victorieuse.

Le 5 septembre, à vingt-deux kilomètre de Paris, à la tête de sa compagnie d'infanterie. Charles Péguy, selon l'expression consacrée, « tombe au champ d'honneur. » Il avait écrit dans sa jeunesse : « Oui, nous attaquons universellement toute armée en ce qu'elle est un instrument de guerre offensive, c'est-à-dire un outil de violence collective injuste. » Mais comme les autres, il se laissa ensuite prendre dans la folie revancharde, il écrit alors :

« Heureux ceux qui sont morts dans les champs de bataille
Couchés dessus le sol à la face de Dieu
Heureux ceux qui sont morts dans une juste guerre
Heureux les épis murs et les blés moissonnés...
Est-ce une juste guerre, cette barbarie qui se déchaîne cette année là ? »

Déclarée entre nations aspirant à la puissance elle introduit une période terrible, longue et impitoyable. Cette grande guerre va mobiliser les Savoyards dans les troupes de montagne, mais aussi et principalement, dans deux régiments, le 30ème RI et le 97ème RIA. Ces deux régiments seront engagés dans les secteurs de front où se dérouleront les combats les plus sanglants (Verdun, Chemin des Dames, Somme, Vosges...) Le 30ème se rend célèbre en septembre 1915 dans la fameuse manœuvre du « Trou tricot » où il fait 1200 prisonniers.

En 1914, la Savoie est très largement une région agricole. Mobilisés principalement dans les unités combattantes, les Savoyards vont avoir le triste privilège de compter le pourcentage le plus élevé de tués par rapport à la population : 20 243 victimes soit plus de 4% de la population. Les femmes, courageusement, vont devenir chefs d'exploitation, mais elles ne peuvent remplacer complètement les hommes partis au front. Ainsi commence l'abandon des cultures, surtout dans les secteurs de haute montagne.

La guerre va aussi provoquer une rupture dans les traditions. Du fait de l'absence de tous les hommes jeunes et de la hantise d'apprendre la mort d'un époux ou d'un fils, de nombreuses fêtes de famille et de village sont abandonnées. Des costumes aux couleurs sombres vont remplacer ceux, plus chatoyants, portés lors des fêtes. Même si les souvenirs tristes s'estompent après 1918, et au fil des années, la transmission des rites festifs traditionnels ne s'est pas bien faite auprès de la jeunesse. D'autres fêtes vont apparaître et les rites et les coutumes d'autrefois vont devenir l'objet de recherches pour les ethnologues et les folkloristes.

Théo va être pris dans la tourmente de la guerre. Il sera sur le front dans ce fameux 30ème RI.
Jeanne, qui n'a que 8 ans en 1914, devra faire très tôt l'apprentissage du travail quotidien pendant que son père est, lui aussi, parti pour la guerre et que sa mère, soumise aux pressions de ses belles-sœurs, s'est exilée à Paris.

Engagé en 1915, il a 18 ans. C'est aussitôt le front pour Théo : Verdun-le Chemin des Dames, la Somme, 1915-1916-1917-1918, puis l'arrière (Fréjus), l'Algérie, la Tunisie jusqu'aux Dardanelles.

Pour Jeanne, c'est la petite maison d'Epagny où souvent seule, elle suit les conseils de son père soldat lui aussi.

Théo a été l'un de ceux qui ont « fait Verdun ». Du 21 février au 16 décembre 1916 une bataille aura poussé des hommes en bleu horizon, par milliers, à s'entretuer implacablement. Les

colonnes de ceux qui allaient à la mort croisaient le cortège de ceux qui en revenaient. Les rescapés, Théo en particulier, se sont montrés discrets de leur vivant sur ce qu'ils avaient vécu. Mais, était-ce explicable ?
Même les lettres ne révèlent pas la tragédie. Et pourtant. L'ampleur de la boucherie se lit dans le mystère : on ne sait toujours pas combien d'hommes ont péri à Verdun. Les historiens se partagent sur les chiffres qui varient du simple au double : cent cinquante mille, trois cent mille, sept cent mille morts ?
On connaît mieux le nombre d'obus tombés que la quantité de pauvres garçons qu'ils ont fauchés. Cette lacune dit plus que tout le mépris qui animait les Etats Majors. On était loin, après quatre années de barbarie, de l'euphorie bellisciste de 1914.

Dés Février 1916, Théo est blessé au pied et gazé, mais maintenu au combat.

En 1917, année terrible, année de désespoir, alors qu'éclatent les mutineries sur plusieurs ponts, que la chanson de Craonne : « Adieu la vie, Adieu l'Amour…» parcourt les tranchées, qu'à Paris l'Action Française avec Mauras et Daudet hurle que l'on « punisse la canaille » qui se révolte, alors que Pétain fait condamner à mort et fusiller ces soldats qui osèrent refuser le combat et réclamer la paix…

On ne sait pas pourquoi Théo, en 1915, a-t-il été volontaire pour partir à la guerre ?
Sans doute parce qu'au Reposoir, sa famille vit difficilement. Ils n'ont pas de terre et à 17-18 ans les parents poussaient les jeunes à trouver un travail. Sans doute aussi, souhaitait-il lui, comme d'autres d'ailleurs, faire autre chose que d'être garçon de berger ou garçon d'écurie chez l'oncle de Porte d'Age… oncle auquel il fait référence, dans l'une de ses lettres, comme militaire ?

Sans doute s'est-il engagé parce que l'environnement social fait pression dans les esprits, en cette deuxième année de guerre; elle s'est d'ailleurs déclenchée dans un climat d'exaltation collective à laquelle est venue s'ajouter l'angoisse profonde d'une première année particulièrement meurtrière ? Investi donc d'une incontournable responsabilité Théo sera ainsi l'un de ces milliers de jeunes engagés qui vont former l'innombrable cohorte des poilus dont il faut bien considérer qu'ils étaient de très jeunes gens et non pas les vieux « grognards » que l'on voyait en rangs de plus en plus parsemés, s'aligner devant les monuments aux morts, chaque 11 novembre, beaucoup plus tard.

Pour résumer la bataille de VERDUN qui se déchaîna entre le 21 février et le 18 décembre 1916 et qui fit quelques 300 000 morts – allemands et français sensiblement à égalité - Paul Valery écrivait : « Verdun, c'est une guerre toute entière insérée dans la grande guerre. Ce fut aussi une manière de duel devant l'avenir, une lutte singulière en vase clos. »
Dans un espace de moins de cents kilomètres carrés, et sur une période de dix mois, se livra, à Verdun, entre ceux qu'on a appelés les poilus mais qui étaient de tout jeunes gens, l'une des batailles les plus symboliques de la première guerre mondiale pour les Français.
Pourquoi, alors qu'il y eut pourtant d'autres batailles, elles aussi farouches, terriblement meurtrières ? La bataille de la Marne en septembre 1914, l'offensive désastreuse en Alsace Lorraine en août 1914, la bataille de la somme en juillet 1916 ? Pourquoi Verdun est-elle valeur de symbole ?
Sans doute parce qu'il s'agit d'une bataille finalement victorieuse pour la France. Sans doute aussi parce que le courage et la bravoure des trois divisions des jeunes français résistèrent à l'attaque des dix divisions allemandes.

Mais si Verdun est le symbole d'une victoire pour la France, c'est aussi celui d'une catastrophe humaine, d'un scandaleux massacre.

Voici dix lettres de Théo à sa famille.
Elles datent pour la plupart de 1918. Elles ne nous informent que très peu sur la guerre elle-même, mais elles expriment beaucoup d'attention aux autres à sa famille.

Ses lettres de 1916, 1917 et 1918 sont écrites depuis les différentes lignes de front de Verdun à Reims, des Ardennes à la Somme… Et pourtant elles ne racontent pas la guerre, ou très peu, par allusion, sans jamais rentrer dans les détails des opérations (mais en avaient-ils le droit, les poilus ?) Sans jamais dire ce qu'il vit en réalité.
Théo se préoccupe au contraire de ce que vit la famille, des travaux des champs, de la santé des uns et des autres, du pays… Sans doute ne faut-il pas créer l'angoisse en décrivant l'horreur ? Sans doute ne faut-il pas émettre des doutes, faire apparaître la peur ou simplement se plaindre ? N'est-ce pas la culture du moment ? Sans doute aussi, pour la plupart des poilus, la notion de devoir, a-t-elle à ce point imprégné les esprits et modelé les comportements qu'il leur est devenu difficile, voire impossible, de ce comporter autrement que comme un soldat dont la seule mission est de se battre et de se taire ?

Drame et cruauté de toutes les formes de formalisme qui font disparaître l'homme derrière la « cause » ou plus précisément hélas derrière ce qui se cache sous ce mot.

C'est une des raisons pour lesquelles redonner la parole à mon père, à Théo, en essayant de retracer sa vie, était important; de là, recomposer la figure de cet homme, déterminer la nature du manque, le poids du chagrin et, au-delà, m'interroger sur le rôle de cette recherche...

Théo écrit à sa petite sœur Angeline dont il parle souvent dans son courrier.

Aux Armées, le 29 décembre 1916

Chère Petite sœur,
Deux mots pour te donner un peu de mes nouvelles qui sont bonnes pour le moment. Et par la même occasion te souhaiter une bonne et heureuse année ainsi qu'à nos chers parents. Et espérons que la guerre finisse dans cette année qui va commencer. Et que nous puissions nous retrouver tous ensemble. J'écris à Elie ce soir aussi. Mais je ne l'en dis pas aussi long qu'à toi. Car je n'ai plus beaucoup de temps de rester. Mais qu'il ne se fâche pas pour cela. Je tâcherai de lui en dire plus long la prochaine fois. Je ne peux écrire à l'encre, car je n'en trouve pas ici. Je suis obligé de faire au crayon. Je voulais t'envoyer une carte du nouvel an. Mais je n'en ai pas trouvée non plus.

Suite 29 décembre 1916

Chère petite sœur,
je croyais me trouver parmi vous pour le nouvel an. Mais malheureusement il n'en est rien. Enfin, j'espère y aller entre la fin de février et le commencement de mars. Enfin dans 2 mois, pas avant. J'ai reçu le colis, où il y avait une paire de chaussettes, un livre, du chocolat et un bout de jambon. Voilà déjà quelques jours, que je l'ai eu. Lundi, c'est le 1er de l'an. Je pense que nous avons repos. Je vous écris un peu à l'avance pour que vous receviez les lettres les premiers jours de l'an. Car les lettres restent assez longtemps. J'en ai reçu une aujourd'hui, qui était datée du 20 et nous sommes le 29 aujourd'hui.

Chère petite sœur. Je pense que tu vas toujours à l'école et que tu tâcheras d'apprendre beaucoup et d'être toujours bien sage. Mais je suis obligé de te quitter pour ce soir. Je termine donc ma lettre en t'embrassant de tout mon cœur ainsi que toute la famille.
Ton frère qui t'aime et qui pense à toi pour la vie.

Théodore

Théo écrit à son frère Elie…

Aux Armées, le 6 janvier 1917

Bien cher frère,
Je te remercie de la lettre que j'ai reçue avec beaucoup de plaisir et par laquelle j'apprends que tu es toujours en bonne santé ainsi que toute la famille. Pour moi tout va assez bien pour le moment. La santé est très bonne.

… A remarquer : le style plus décontracté …
… Le ton plus léger…

Nous sommes descendus hier soir au port. Je ne sais pas le temps que nous allons y rester. Le patelin où nous sommes est assez grand et très chic. Des mômes à volonté et qui valent celles du Haufferant. Tu comprends ce que je veux te dire. Enfin, ne prends pas cela de mauvaise part. Il fait beau temps. Ils parlent des permissionnaires ces jours. Mais mon tour n'est pas là encore. Enfin, il viendra. Je te quitte pour aujourd'hui. Je termine en t'embrassant de bon cœur, ainsi que toute la famille. Donne-moi de tes nouvelles le plus tôt possible. Ton frère qui ne t'oublie pas.
Théodore

… avec un brin de complicité.

1917, l'année terrible

Lettre de Théo à son oncle

Le 14 septembre 1917

Cher oncle,
Deux mots pour vous donner de mes nouvelles et pour répondre à votre lettre qui m'a fait grand plaisir et par laquelle j'apprends avec satisfaction que vous êtes tous en bonne santé. Pour moi, tout va bien pour le moment. Il y a déjà eu un départ depuis que je suis rentré en perm, mais je n'en suis pas encore été pour cette fois. Mais je crois que ça ira pas long avant qu'on parte. Enfin on fera comme les autres! J'ai appris aujourd'hui qu'il y en avait un au Reposoir qui a la jambe coupée.
Malheureusement, il ne sera pas le seul ! Cher oncle, il se fait tard et je n'ai plus grand-chose à vous dire. Je termine donc en vous embrassant de bon cœur ainsi que toute la famille.
Votre neveu qui pense à vous.

Théodore

Fréjus, le 22 novembre 1918

Bien chers Parents
Hier et aujourd'hui j'ai reçu deux de vos lettres, la première date du 14 et celle d'aujourd'hui du 12. Elles sont adressées toutes les deux au secteur. J'ai reçu une autre du cousin Adolphe. Il m'apprend qu'il est en voyage de noces à Genève. Elie m'a écrit aussi. Il va très bien. Je pense qu'il va passer l'hiver où il se trouve en ce moment.
Quand à moi, je vais très bien pour l'instant. Maintenant que la guerre est terminée tout le monde se porte bien. Beaucoup ont guéri du jour au lendemain. J'espère que vous en serez tous de même, et que la grippe quoique qu'elle n'ait pas été bien forte se calmera.

Dites moi un peu ce que vous faites si vous avez de la neige.
Ici, on ne fait presque rien. Les premiers jours nous avons eu du mal à nous nettoyer, car les petites bêtes nous rongeaient.
Mais, à l'heure qu'il est elles sont plus rares. Je serais heureux d'aller en perm pour me nettoyer un peu, mais vous savez qu'on n'est pas pressé de nous envoyer. Enfin je prends patience.
Chers Parents, pour ce soir ; j'arrête là. Donc je vous quitte en vous embrassant tous bien fort. Votre fils et frère qui vous aime et pense à vous.

Camp des Darboussières, Fréjus, Var

J'ai appris la mort du cousin Anselme. C'est malheureux surtout les derniers jours de la guerre.

Fréjus, le 26 novembre 1918

Bien Chers Parents
Deux mots pour vous dire que je vais toujours bien. J'espère que ma lettre vous trouvera tous de même. J'ai reçu votre lettre avant-hier, avec le mandat. Je vous remercie. J'ai reçu des nouvelles de Elie. Il va toujours bien. Angeline aura écrit aussi. Quand à moi, je suis toujours au même camp. L'on ne fait presque rien. C'est aujourd'hui lundi le premier que nous avons commencé à faire l'exercice.
Mais, ça ne m'intéresse pas beaucoup, car voilà assez longtemps que j'ai commencé.
Malgré tout, on ne se presse pas pour nous envoyer en perm. Il est vrai qu'ici on peut attendre. C'est plus les tranchées. Mais je serai heureux d'aller faire bientôt un tour au pays.
J'espère que Elie, ne va pas tarder à partir, car sur sa dernière lettre il pense bientôt partir.
Ici, la nourriture n'est pas si bonne qu'au front. Mais, je préfère que la guerre soit terminée et être plus mal nourri.
Ne m'envoyez pas des colis pour ça. Si j'en ai besoin, je vous le dirai.

Chers Parents, je m'arrête là pour ce soir. Je vous quitte donc en vous embrassant tous bien fort.
Votre fils et frère qui vous aime et pense à vous.

Théodore

Le 28 novembre 1918

Bien Chers Parents
Aujourd'hui, jeudi ayant repos toute la journée, j'en profite pour vous envoyer deux mots et vous dire que je vais toujours bien.
Ici, il fait un temps superbe. Il fait bon se promener. Ce n'est plus le Reposoir. Malgré tout, je préférais y être encore.
On ne parle pas encore de nous envoyer en perm. Il ne sont pas pressés pour cela. Je pense que Elie va bientôt y aller. Quand à moi, j'attends toujours avec impatience.
J'espère que ma lettre vous en trouvera tous de même. J'ai reçu le mandat est touché... Sur la lettre vous me dites que vous m'envoyez 26 frs et le mandat portait 30 sans doute vous vous êtes trompés.
J'ai reçu des nouvelles de Elie. Il va toujours bien. J'ai envoyé une photo à Angeline. Nous sommes très mal. Mais, ça n'a pas d'importance.
Chers Parents, ne voyant pas autre chose pour aujourd'hui, je vous quitte en vous embrassant tous bien fort.
Votre fils et frère qui vous aime et pense à vous.

Théodore

Camp des Darboussières, le 7 décembre 1918

Bien Chers Parents.
Un petit instant ce soir pour vous dire que je vais toujours bien. J'espère que ma lettre vous trouvera tous de même. J'écris aussi à Elie. Je le pense en perm. Quand à moi je pense y aller dans le courant du mois. J'ai hâte de partir aussi. Ici on donne des perm agricoles.

Mais, il faut avoir un certificat qui soit signé du maire et ensuite qui passe par la gendarmerie et la préfecture.
Il y a beaucoup de travail. Il faut même mettre le nombre d'hectares à cultiver. Enfin, parlez-en toujours au maire. Il doit savoir comment ça se fait. S'il ne veut pas le faire pour nous, comme nous n'avons pas de terre à travailler, il peut par exemple mettre que je vais travailler à porte d'âge, et que l'oncle me demande; s'il ne veut pas le faire, je lui en parlerais en perm.
Chers Parents, pour ce soir, je ne vous en dis pas plus long. Je vous quitte en bonne santé, espérant que ma lettre vous trouvera tous de même. Donc, je termine en vous embrassant tous bien fort.
Votre fils et frère qui vous aime et pense à vous.

Théodore

La grande guerre se termine.

Dans cette impitoyable tragédie, Théo et les autres ont été les « figurants », c'est-à-dire ceux qui ont été les acteurs de l'histoire, les grands et véritables acteurs, ceux qui n'ont jamais vraiment beaucoup parlé parce qu'on n'écoutait pas leurs paroles. Ceux qui ont su et pu écrire leur enfer, leur rage de vivre, et crier l'inadmissible, n'ont pas été entendus... on a préféré longtemps les versions officielles et évidemment incomplètes des dignitaires et autres grands responsables de l'époque, tous semble-t-il, aussi inhumains qu'incompétents.

Alors qu'en Russie la Révolution s'étend en faisant là aussi des milliers de morts mais en promettant le bonheur au peuple, on ne sait davantage si Théo et plus largement les poilus de cette maudite guerre avaient conscience d'être les pauvres « idiots utiles », victimes de va-t-en guerre à la recherche de pouvoir et de gloire ?

Novembre 1918, apporte enfin l'armistice. Alors que les soldats apprennent la fin des combats, ils se taisent encore ou pleurent en silence... La France entière, elle, entre en ébullition ; des campagnes aux villes, progressivement la joie se mélange aux larmes. « *Le 11 novembre 1918,* écrit Jules Bertrant (*), *le temps, dés le matin, était léger et frais... Depuis son réveil, Paris attendait la grande nouvelle. Vers dix heures elle circule de groupe en groupe. En quelques heures, le flot des ouvriers, des ouvrières, des employés, des soldats, des passants monta, ainsi qu'une marée à l'assaut des faubourgs... Chacun avait besoin de dépenser son allégresse, d'affirmer son enthousiasme et l'on prenait son voisin par le bras et l'on embrassait sa voisine...*»

Théo, lui est à nouveau à Verdun où il apprend la nouvelle à la Cathédrale. Sa lettre de ce jour-là n'est pas remplie d'enthousiasme. Il a raison d'ailleurs de ne pas trop en attendre de ce 11 Novembre puisque, pour lui, même si la guerre contre l'Allemagne se termine, il va rester dans l'armée encore deux ans, partir en Algérie, en Tunisie puis aux Dardanelles. Ce prolongement est dû à la loi de 3 ans votée en 1913 sous l'impulsion de R. Poincaré et d'A. Briand. Elle institue un service militaire obligatoire de 3 ans égal pour tous.

Au terme de cette épouvantable guerre qui lui a fait connaître la peur, la faim, la solitude, la souffrance et la révolte, Théo avec d'autres bougres, devra encore se plier aux ordres absurdes de ceux qui considèrent que 3 ou 4 années de guerre sont insuffisantes pour répondre à « l'obligation » du service militaire.

Mais alors pourquoi et comment un tel sacrifice ? Les questions reviennent, lancinantes, les historiens s'opposent sur les motivations qui ont permis à des hommes de supporter tant de souffrances : patriotisme, haine des boches, sens du devoir, respect des officiers, peur des sanctions, abrutissement

(*) Jules Bertrant, *Les Belles Nuits de Paris,* 1927

général ? Ceux qui ont vécu ça, le savaient-ils eux-mêmes ? Théo, n'en dira jamais rien. Cette bataille s'est posée comme une ombre dans des millions de foyers. Ceux qui sont morts ont emporté leur lourd secret. Les rescapés ont demandé qu'on ne les questionne pas. La raison ici se heurte à une impasse.

Et Jeanne pendant cette guerre affreuse ?
En 1915, alors que Théo, à 18 ans, va rejoindre les troupes, elle a 9 ans. Elle est avec son père dans la petite maison d'Epagny. Sa mère, Louise est partie et ses sœurs sont chez les grands parents et chez les tantes. En 1916, Joseph son père est mobilisé. Elle reste seule à la maison, mais la tante Marthe n'est pas loin. Elle va s'occuper des travaux d'intérieur mais aussi de la bonne vache. Carillon, du cheval et de la chèvre... elle est seule souvent... Heureusement il y a l'école, mais à pied c'est loin Jonzier et l'hiver, le mauvais temps est un autre handicap.

Pendant que Théo se bat pour « sauver la France », Jeanne se bat pour sauver la maison d'Epagny. Ils ne se connaissent pas encore. Ils ont en commun cependant la souffrance de leur solitude et sans doute aussi, au-delà des servitudes de la guerre et des privations, l'espoir, le secret espoir de la victoire et d'un avenir heureux...

Lettre de Joseph Vincent à sa fille Jeanne

Le 5 mai 1917

Ma chère Jeanne,
Je pense que vous êtes tous bien et que tu ne trouves pas trop le temps long de tes sœurs cause qu'elles t'ont bien fait disputer bien sûr, mais il faut pas trop te laisser faire, toi qui es un peu patronne à la maison.
Vous pouvez planter les pommes de terre à présent qu'il fait beau. Comme vous devez être fatigués, parce que les terres doivent mal

aller autant d'eau et à présent ça doit être dur, raide. Est-ce que les arbres sont fleuris cette année ? Et la Carillon doit s'apprêter au veau ? Et l'herbe doit pousser au verger? Pourrez-vous bientôt en couper ?
Est-ce que Germaine et Adèle étaient contentes de repartir ? Auraient-elles voulu rester avec vous ? Tu me diras ! Je sais que vous n'avez pas le temps de m'écrire à présent, aussi je prends patience pourvu que vous soyez tous en bonne santé. Moi, je suis toujours bien. Pas de mal, c'est tout ce que je demande ! Autrement, je supporte avec courage toujours dans l'espoir de vous retrouver tous un jour, mais quand ? Nous n'en savons rien ! Espérons toujours en la miséricorde de Bon Dieu ! Qu'il nous préserve de ce qui se passe ailleurs ! Hier, il tombait à Reims toutes les 23 secondes une marmite, et dire qu'il y a des gens là-dessous ! C'est affreux de vivre dans cet enfer de feu partout.
Adieu, ma chère Jeanne.
Ton papa qui vous aime et vous embrasse tous.

J.Vincent

Le 8 septembre 1917

Ma chère Jeanne,
Comment allez-vous ? Je trouve bien le temps long de vous voir tous, mais je ne sais toujours pas quand j'irai en permission. Pour travailler après les regains? Je t'assure que j'ai bien de la peine. Je me suis pesé, j'ai diminué de 12 kg pourtant je suis en bonne santé et je suis bien soigné, surtout les patrons qui sont bien gentils pour moi. Demain dimanche, si j'ai un moment, je vous écrirai une lettre en attendant le plaisir de vous voir tous. Je vous embrasse bien. Adieu ma Jeanne... et à tous.
Ton papa qui pense bien à vous.

J.Vincent

Et dans un angle de la même carte

Je pense que vous allez aux champs et que vous êtes sages. Ma Jeannou, écris moi deux mots, tu me feras plaisir.
Adieu, ton papa qui vous aime.

J.Vincent

Le retour, la rencontre

Le retour, la rencontre

1920-1930

Alors que l'économie mondiale retrouve une bonne santé grâce à l'abondance des capitaux et à la production massive de biens industriels, les pays européens tentent d'assumer une ère de paix en signant un pacte de renonciation générale à la guerre.

En Savoie, le tourisme et l'industrie se développent.
La montagne apparaît d'abord comme un lieu de cure grâce aux eaux thermales et à son air pur.
La pratique de ski importée par les scandinaves va entraîner une révolution touristique en période d'hiver (Chamonix, qui n'est encore qu'un village savoyard, avec ses vieilles maisons et ses fermes à côté de quelques grands hôtels, va accueillir les premiers jeux olympiques en 1924).
Ce tourisme qui explose et l'industrie qui se répand dans les vallées vont transformer à nouveau profondément la vie des savoyards. Ils vont leur procurer du travail, les éloigner des petites exploitations de montagne, mais aussi modifier durablement leur vie.

De retour dans son village en 1920, Théo va devoir quitter définitivement le Reposoir et la petite maison sans terre où vivent Basile, son père et sa famille. La vie là-haut n'est plus possible, Basile, Théo et Elie, son frère, vont devoir chercher du travail dans la plaine.

Jeanne, dés 15 ans, va quitter la maison d'Epagny et s'en aller à Genève chercher du travail d'employée de maison. C'est le sort de celles, nombreuses, qui doivent aller « gagner leur vie » en se mettant au service des gens aisés.

Les années 30

Jeanne et Théo se sont rencontrés et aimés à Epagny, commune de Jonzier 74. Mariés, ils prennent une ferme à Vulbens où 4 enfants vont naître et grandir : Louis (1930), Eliane (1933), Marcel (1935), Pierre (1940).
Ce sont les belles années.

La ferme, la famille, Vulbens

La ferme, la famille, Vulbens

1930-1940

En octobre 1929, c'est l'énorme effondrement de la Bourse aux Etats-Unis. L'évènement plonge l'Amérique et le monde entier dans la crise. Cette brutale dépression apporte misère, chômage, hausse des prix.

Dés 1922, Mussolini entraîne l'Italie sur la voie du fascisme. En Allemagne, Hitler accède au pouvoir en 1933. En Espagne, la République tombe en 1939 sous le soulèvement nationaliste de Franco, alors qu'en France, le gouvernement du Front Populaire en 1936 tente de contenir l'agitation de ligues d'extrême-droite, tout en changeant les conditions de vie des salariés.

La Savoie, grâce à son développement économique, est devenue une terre d'immigration. Avec les lois sociales de 1936 (40 heures, congés payés) l'afflux des touristes s'accroît, les réseaux routiers se développent, tourisme et industrie procurent des emplois et provoquent l'urbanisation progressive de la région. Au 18ème siècle, la population rurale représentait 90% des habitants. En 1860, au moment de l'annexion, les paysans comptaient pour 75% de la population, pour 50% en 1930 et, en 1990, ils sont moins de 10%.

Resté paysan, Théo s'est nouvellement installé en plaine, à Vulbens, dans une ferme d'une certaine importance. Là, il va tenter, avec Jeanne, son épouse depuis février 1930, d'exploiter les 40 hectares de terre qu'ils ont pris en charges, et de s'intégrer au mieux dans le village qui va les adopter avec beaucoup de sympathie. Une nouvelle vie commence...

La ferme, c'est tout un monde autour de Théo et Jeanne et des 4 enfants (Louis, Eliane, Marcel et Pierre) qui vont naître et grandir là.
Il y a les commis, les « permanents » : Oscar le chauve, un peu sauvage, Edouard, dit « le Banquier », Joseph, dit « la gouape », Jean et Henri, des jeunes italiens, puis les « occasionnels » Wanger le cordonnier, Guy « Le Calonnier », Zacchari, Pelissier, la Fanchette, la Stra et la Momitacul...
Il y a ensuite « les bêtes », essentiellement les chevaux, les vaches, les chiens. Les chevaux en particulier, Marquis, l'Alzan, et Bijou, le noir. Les vaches dont le nom, en les évoquant nous renvoient leur image : Papillon, Duchesse, Comtesse, Baronne, Diamant, Marguerite, Blanchette, sans oublier la Grise du fond... Les chiens, avec bien sûr, Black, Médor, Tayaut, Fivette.

La ferme c'est aussi « la patronne », c'est-à-dire la propriétaire, Mademoiselle Gay, communément appelée « la Marthe au fils ». C'était une sorte de super gendarme, imbue de son pouvoir, considérant les fermiers et autres gens du peuple, comme des ignorants, notamment en matière de savoir-vivre... Elle distribuait ses leçons de morale et de civisme du haut de sa grandeur de bourgeoise parvenue.

Néanmoins, la ferme, c'était chez nous !

La ferme de Vulbens

La ferme, c'est, à Vubens, une grande bâtisse à l'extrémité ouest du village ; elle est plantée au pied des coteaux nord du Vuache. Cette montagne du Vuache qui, avec le Jura, emprisonne le Rhône de part et d'autre, quelques kilomètres après qu'il se soit séparé du lac Léman et qu'il ait fui la Suisse, domine la plaine du Genevois. A ses pieds, tout au long de cette vingtaine de kilomètres, des villages s'égrènent, parmi lesquels, Chevrier, Vulbens, Raclaz, Dingy-en-Vuache, Cessens, Savigny...

Vulbens, commune de 700 habitants environ à l'époque de la 2ème guerre mondiale, est composée d'un chef-lieu concentré autour de sa mairie, son école, son église, sa fruitière et des principaux commerces et de deux hameaux : Faramaz, dont les maisons sont essentiellement semées de part et d'autre de la Nationale, s'enorgueillit de posséder un château appartenant anciennement au Comte de Chaumont ; la Fontaine, plus éparpillée sur le flanc de la colline et qui possède encore la grande maison bourgeoise dont la propriétaire n'était autre que Mademoiselle Marthe Gay, la célèbre « patronne » de « notre » ferme. Quelques îlots de fermes isolés complètent ce gros village, comme Colligny, en bordure du Rhône, Moissey, au-delà de la forêt proche de la Suisse et La Montagne où, sur un plateau dominant la plaine, on trouve les Fermes Tornier, Sache et Cudet.

Vulbens du latin *vulpes* (renard), paraît-il, est lié au Vuache dont la flore est remarquable et qui présente l'avantage d'offrir aux habitants une vue splendide sur la Ville de Genève, son Lac et son Jet d'eau, mais aussi sur les pentes du Jura et sur le pays de Gex qui s'étale à ses pieds...

Vulbens, c'était aussi une vie communautaire, un vivre ensemble harmonieux, dynamique où la vie culturelle est réelle, où la mixité sociale, générationnelle, professionnelle, est une évidence, grâce à quelques fortes personnalités de l'époque qui, sous divers aspects, créaient du lien, comme Max Reyrolles, le Maître d'école, Raymond Lion, l'animateur du théâtre, Alphonse Rey, le forgeron, Jean Sarrasin, dit « Pipo », Albert Benoit dit « Le Grand »...

Vulbens, encore, c'est le village natal de François Buloz, le fondateur de la Revue des Deux mondes (1803-1877) célèbre publication littéraire. C'est également celui, plus récent de Jean

Delorme, Prêtre, qui, décédé en 2004, a été l'un des grands docteurs en théologie de notre époque.

Vulbens, c'est enfin, avec son Vuache, un endroit idéal pour ceux qui croient, pour ceux qui aiment les ballades en montagne, pour ceux qui apprécient l'histoire, les histoires et les légendes, pour ceux qui recherchent des espaces de solitude ou d'isolement... grâce notamment à la clairière de Saint-Victoire et à son oratoire. Sainte-Victoire dont on dit qu'elle était une religieuse, chassée du Vuache avec ses compagnes par les envahisseurs, les « Sarrasins » au VIIème siècle, et en souvenir de laquelle on a construit cet oratoire autour duquel toute la population de la paroisse de Vulbens-comprenant les communes de Chevrier et de Dingy-en-Vuache était invitée à se rassembler le lundi de Pentecôte.

On montait à Sainte Victoire, comme nous disions, en prenant le chemin de la Molassière. Ce chemin passe devant la ferme. Nous étions, nous aux premières loges pour regarder passer celles et ceux qui s'y rendaient. Nous y allions aussi, fidèlement, chaque année. C'était un jour de joie, de liberté, de vacances...

Et puis, c'était le jour des jonquilles. Le Vuache en est chargé, la cueillette était bonne avant que ne viennent les Suisses, pour « nous les prendre ».

Jeanne et Théo

A la ferme, nous n'avions pas l'eau courante à l'intérieur. Bien évidemment, il n'existait ni salle de bains, ni WC, ni lavabo... Pour la cuisine, la vaisselle, la toilette, nous prenions l'eau du bassin collé contre la façade du bâtiment. On vivait ainsi.

Quand au chauffage, la cuisine était équipée d'une cuisinière à bois qui avait le double usage de servir à faire cuire les aliments et réchauffer l'espace. La pièce voisine, le « pèle »

(ou salle à manger) était le lieu de rencontre, après le repas du soir, le dimanche ; cette pièce était chauffée par un petit fourneau à bois également.
Le chauffage était limité à ces moyens traditionnels.
L'hiver, par grands froids, notre mère nous donnait à chacun un « Caron » (une brique chaude) ou une bouteille remplie d'eau chaude. C'était un bonheur de réchauffer nos lits glacés avec ces petites merveilles de chaleur.

Dans les années d'après la guerre (46-48), notre père Théo avait eu pour projet d'installer l'eau courante dans la cuisine. Quel rêve !
Il avait imaginé qu'il effectuerait lui-même les travaux d'adduction en creusant une tranchée depuis le bassin jusqu'au mur de la cuisine (15 mètres). Il fit part de son projet à Mademoiselle Gay, la propriétaire, en soulignant qu'il prenait totalement en charge ces travaux. Refus catégorique, sans l'ombre d'une hésitation, sans s'interroger sur le bien fondé du projet, Mademoiselle Gay dit NON.
Non, parce qu'on ne change rien ; parce que c'est bien ainsi.
Non, parce que, quand on est fermier, on se contente de ce que l'on a ; l'eau n'est pas loin, devant la maison!
Non, parce que je dis Non, et que c'est moi, c'est « MOI, la PATRONNE ! »
Ainsi, ni Théo, ni Jeanne n'eurent l'eau dans la ferme. Théo rongeait son frein en jurant sourdement. Jeanne lui disait : « Tais-toi, Théo, tais-toi ; ça ira, va. Elle, elle ne l'emportera pas au paradis.»

Ainsi durent-ils, l'un et l'autre, se soumettre, non seulement à un bail léonin et à des règles absurdes, mais aussi au comportement souvent méprisant d'une propriétaire pour laquelle, le monde et ceux qui habitent, ne se concevaient que soumis à son pouvoir. Théo, mourut trop tôt, avant d'avoir été LIBRE pour pouvoir en parler sans contrainte. Jeanne, elle, bien des années plus tard, libre, s'exprimait parfois avec rancœur et souvent avec une grande lucidité sur sa vie, leur vie de servitudes et sur une société où l'exploitation demeure.

Basile

A la ferme, Basile, le grand-père, vivait avec nous.
Entre lui et Théo, le dialogue était rare, toujours en patois et toujours relatif aux travaux de la ferme.
Avec Jeanne, sa belle-fille, les relations étaient plus nourries. Jeanne le houspillait parce qu'il s'habillait mal, parce qu'il chiquait, parce qu'il buvait trop de gnôle. Lui, bougonnait, jurait en patois, mais l'écoutait parfois.
Avec nous, les enfants, c'était à la fois le refuge et la terreur ce grand-père.
Le refuge, quand Jeanne ou Théo nous corrigeaient sévèrement, parce qu'il venait nous passer la main dans les cheveux en disant « Allez, c'est bon ».
La terreur, quand il nous arrivait, souvent avec les voisins, de nous battre, de tenter de dénicher les oiseaux ou de nous amuser avec le feu, parce qu'il nous pourchassait alors avec la canne en criant : « Cofia de cofia » (saleté de saleté)...

Dans les années qui ont précédé la guerre, j'avais 8-9 ans, Basile m'emmenait avec lui lorsqu'il décidait d'aller rendre visite à un de ses amis, le père Bétemps, originaire lui aussi du Reposoir, et lui aussi fermier avec ses deux fils, Emile et Henri, au centre du village.
Il m'emmenait avec lui aussi lorsqu'il décidait d'aller jusqu'à Epagny (Jonzier-Epagny) retrouver Elie, son autre fils. Nous partions après la « petite messe », le dimanche matin, à pied bien sûr; nous faisions les 7 kms tranquillement et arrivions

« chez l'oncle » pour le repas de midi; nous repartions au même rythme en fin d'après-midi.
Ces voyages constituaient pour moi un heureux évènement, non seulement à cause du plaisir de partir à pied sur les routes, mais surtout parce qu'à chaque fois j'avais droit au départ à une brioche achetée toute chaude chez François Delorme le boulanger.
En cours de route, au hameau de Murcier, on s'arrêtait chez « la Marie » qui tenait « la Ruche Nouvelle » du village; là il m'achetait aussi à chaque fois une souris en chocolat.
Le vrai bonheur !! Véritablement j'ai le sentiment d'avoir été, dans ces moments-là, un vrai privilégié. Mais... Basile, c'était mon parrain, donc ceci explique sans doute cela.

J'allais oublier de dire qu'on se parlait, lui et moi, sur la route, lui en patois, moi en français, il me parlait des nuages qui « disent le temps », du foin « trop ou pas encore assez mûr», de la pluie « qui se prépare »...
Il ne voulait pas que je marche plus vite que lui, que je m'éloigne pour sauter un ruisseau ou courir dans un pré; il aimait que je marche à côté de lui : « Vins vi che » me disait-il, gentiment. En me désignant ma place d'un coup de canne sur la route.
C'était le vrai bon temps où on découvre le monde, lentement, naturellement, où le bien-être du moment nous fait respirer ce qui doit être du bonheur.

Basile et Théo

Théo vouvoyait son père Basile, ce qui parait insolite aujourd'hui, et entre eux, ils parlaient patois. Rares en effet, étaient les familles, même à cette époque d'avant guerre, dans lesquelles les enfants vouvoyaient les parents. Nous retrouvons cette coutume, principalement, chez les familles des hautes vallées, dans les villages de montagne avec l'usage du patois. Théo vouvoyait donc son père Basile, alors que moi, son petit-fils, je le tutoyais, et chacun s'accommodait de ce paradoxe.

Le patois, encore d'usage à l'époque, principalement pour les vieux dans les villages, est un langage qui faisait partie du patrimoine dont, hélas, les chances de survie ont considérablement diminué. Dieu sait, pourtant, si ce patrimoine était riche ! Le patois, par exemple, utilisait beaucoup de termes péjoratifs, à commencer par des quantités de surnoms très révélateurs, dont certains ont fait souffrir ceux qui les portaient et leurs familles pendant de longues années. Mais ce même patois pouvait aussi être plein de noblesse et de discrétion; on vouvoie parfois ses parents et ses grands-parents, on s'excuse avant d'utiliser des expressions osées ou ce que l'on appelait « des vilains mots »...

J'entends encore Théo dire à son père le matin : « Bonjer parent » (bonjour parent), le terme parent étant un signe de respect. Je l'entends aussi lui demander de venir se mettre à table « vô v'gni goutô, parent » (vous venez manger père ?) comme une invitation.

Un jour, j'étais enfant, une voisine la « Marie Mathieu » est morte. Cette vieille dame, fort appréciée, que mon grand-père saluait en soulevant son chapeau, tenait une petite mercerie, proche de la ferme. Le jour de sa mort, Basile entra dans la cuisine où j'étais avec ma mère. D'un ton grave, là, se signant, il dit : « La Marie, l'est dvon » (la Marie est partie). On prononçait peu le mot de mort, en patois, on évoque l'au-delà de la vie...

Ainsi parlait Basile. Enfant, son patois m'était naturel, j'en comprenais parfaitement le sens, sans le parler jamais, hormis quelques expressions, ça et là, exceptionnellement. Je crois que si l'on n'a pas vécu dans une famille ou un village où l'on a entendu parler patois très tôt et suffisamment pour en saisir le réalisme et les nuances, on ne pense pas en patois.

On retrouve les mots « parents » dans la plupart des lettres de Théo adressé à sa famille pendant la première guerre mondiale. Il s'adresse en fait par ce terme à son père plus précisément, puisque sa mère est décédée en 1907.

Avec la disparition de ce grand-père, Basile en 1941, le patois a disparu dans la famille. Théo échangeait parfois quelques phrases dans le village avec des amis de son âge ou de plus anciens, comme Jean Burnod de La Fontaine, Jâquy, le facteur, et avec le père Betemps, le vieil ami de la famille. Mais à chaque fois qu'il retrouvait le Reposoir, «le R'pojeu », il retrouvait en même temps et avec plaisir, ce merveilleux patois.

Aujourd'hui le patois a disparu de nos campagnes. Il s'est éteint rapidement dès les années soixante. On a prolongé un peu l'existence grâce à quelques initiatives locales. C'est bien. D'autant que cette langue locale est sonore, changeante et savoureuse. Certains mots, certaines expressions sont un vrai mystère au sens ou si vous rentrez dedans, vous y découvrez un monde concret, pétillant, pittoresque, enchanteur. Le patois est une vraie culture, qui dans sa diversité, du Chablais au Genevois, de l'Albanais au Faucigny, a traversé les siècles. Aujourd'hui, sa quasi-disparition, en même temps que celle des activités agricoles traditionnelles, condamne aussi à disparaître, dans le langage comme la réalité, des choses qui ont été essentielles dans la vie de milliers d'entre nous, comme « Le char à échelle », « Le carnet de la fruitière », « La toupie », « La panosse » etc.

C'est à Basile, essentiellement, ce grand-père à l'ancienne qui était aussi mon parrain, (mon deuxième prénom est Basile), que je dois d'avoir acquis un peu, cette culture.

Le bail de la ferme de Vulbens a été conclu le 1er Mars 1931. On y remarque le caractère rigoureux de l'énoncé des charges et conditions de louage. Ces clauses, dont certaines, sont particulièrement exigeantes, constituent de réelles contraintes

imposées au fermier, et caractérisent le maintien d'un rapport de dépendance du loueur, par rapport au propriétaire. Le fermier reste encore à l'époque, un simple loueur de bien auquel ne sont accordées qu'une autonomie limitée, une liberté conditionnelle, une indépendance relative.
L'humiliation fait encore partie des mœurs de l'époque et, si l'on ajoute à la rigueur de l'écrit, la rigidité du comportement du bailleur, on mesure le poids des servitudes d'un modeste fermier savoyard.

A nouveau la guerre...

327

LE FIGARO

50 c. — SAMEDI 2 SEPTEMBRE 1939 — N° 245 — 114e Année

14, Rond-Point des Champs-Élysées, Paris (8e) — Téléphone : Élysées 98-31 à 98-38

L'ALLEMAGNE ATTAQUE LA POLOGNE SANS DÉCLARATION DE GUERRE

Les hostilités ont commencé sur toutes les frontières

LA FRANCE ET LA GRANDE-BRETAGNE décrètent la mobilisation générale

LE CRIME

L'état de siège est proclamé en France et en Algérie

LE PARLEMENT SE RÉUNIT

AUX ÉTATS-UNIS

Le Congrès s'est ajourné après avoir refusé de modifier la loi sur la neutralité

Washington, 6 août. — Le 76e Congrès américain s'est ajourné hier jusqu'en janvier 1940.

La vente aux enchères à Lucerne de 125 œuvres d'art provenant des musées allemands

Lucerne, 30 juin. — La vente aux enchères de 125 œuvres d'art, en grande partie impressionnistes et expressionnistes, datant de 1900 à 1930 et rejetées par les musées allemands comme étant le produit d'un art *dégénéré*, avait attiré à Lucerne un public international de collectionneurs et d'amateurs.

Le portrait de Van Gogh par lui-même monta de 145.000 à 175.000 francs suisses et fut attribué au docteur Frankfurter, de New-York. Le *Tahiti* de Gauguin monta à 50.000 francs suisses. Les *Deux Arlequins* de Picasso montèrent de 52.000 à 80.000

Le psychologue Freud est mort

A Hampstead, quartier de Londres, est mort, samedi, le célèbre professeur Freud. Il avait 83 ans et, depuis nombre de mois, était malade.

Né à Freyberg, en Moravie, il fut longtemps médecin à Vienne. Il avait, à Paris, suivi les cours donnés avec un éclat inoubliable, à l'hôpital de la Salpêtrière, par Charcot. En 1885, il fut chargé de cours à l'université de Vienne. En 1902, il y devint professeur titulaire de neurologie. Quelques années auparavant, il avait commencé la série des ouvrages qui lui acquirent rapidement une renommée mondiale.

A nouveau la guerre...

1939-1945

Période à nouveau tragique.

Théo va être remobilisé. Les années d'occupation et celles qui vont suivre seront dures : périodes de peur, de violence, de contrôle, d'entraves aux libertés, mais aussi de représailles, de barbarie... Basile, le grand-père va mourir en 1941.

Les villages de Chevrier et Valleiry vont être incendiés par les Allemands. Vulbens, situé entre les deux, sera épargné, alors que la famille - Jeanne et les enfants - comme presque toutes les autres, se sont enfuies dans la montagne pour échapper aux représailles allemandes. Puis viennent la libération, le renouveau...

«... Oh Barbara
Quelle connerie la guerre
Qu'es-tu devenue maintenant
Sous cette pluie de sang
Et celui qui te tenait dans ses bras
Amoureusement
Est-il mort, disparu ou encore vivant...»

Jacques Prévert

La guerre éclate sur une volonté de revanche de l'Allemagne, à cause bien sûr de la montée en puissance du nazisme hitlérien qui veut non seulement conquérir l'Europe mais « purifier » ethniquement le continent avec comme premier objectif, l'extermination des juifs.

Cette idéologie trouve un écho un peu partout, hélas, y compris chez nous en France où se lèvent des théoriciens du nationalisme qui n'hésitent pas à crier à la face du monde leur racisme, leur xénophobie et leur haine de la démocratie.

Ces chantres de malheur vont accompagner les pires exactions et préparer les collaborations nombreuses et méprisables que l'on connaît et dont, hélas, beaucoup ont été victimes.

Le journaliste Léon Daudet, violent théoricien du nationalisme intégral, proche de C. Maurras, écrivait dans « l'Action Française » du 1er janvier 1939 : « Ces vœux se résument en un seul : l'effondrement total de la démocratie en France dans les douze mois qui vont s'écouler... Puisse bientôt crever la démocratie cédant à la monarchie maurassienne. Alors, mais alors seulement, le relèvement du pays et la sécurité seront possibles. »

La guerre éclate donc le 3 septembre 1939. En quatre ans, le nombre bascule : guerre, génocide, bombes atomiques (Hiroshima, Nagasaki)... Cette période est également celle des résistances réprimées par la milice et la Gestapo, celle de l'occupation italienne puis allemande avec son cortège d'exactions, celle encore de collaboration et des exterminations, celle enfin d'exécutions arbitraires et de la vengeance...

La Savoie toute entière va être une terre de résistance. Elle est divisée en secteurs ayant chacun un chef politique et un chef militaire. Des maquis se rassemblent notamment au plateau des Glières. Leur résistance aux attaques des forces de maintien de l'ordre et aux Allemands débouche sur une issue malheureuse. Cette lutte des Glières devient l'un des symboles de la Résistance française.

En août 1944, la Savoie sera libérée par la Résistance et par l'armée d'Afrique.

Théo, en 1940, sera à nouveau mobilisé pour quelques mois. Il partira dans le centre de la France pour réquisitionner les chevaux dans les fermes et les élevages. J'imagine le Crève-cœur que ce « sale boulot » devait représenter pour lui, qui avait deux chevaux à l'écurie - Bijou et Marquis - et qui aimait profondément ces compagnons de travail. Il laisse la ferme entre les mains de Jeanne. A son retour, il supporte mal l'occupation, aide des familles juives à passer la frontière suisse... Ces pauvres gens arrivaient à la ferme furtivement dans la nuit. Théo les récupérait dans les vignes, sur le haut du village, où les avait amenés Marcel Comestaz un habitant de Raclaz. Ils dormaient quelques heures à la ferme. Il les emmenait ensuite à travers la forêt jusqu'à la frontière qu'ils traversaient, heureux d'échapper enfin à la barbarie.

Plus tard, après la libération, il prendra un prisonnier allemand, Eric Pieper, comme ouvrier de ferme, puis le laissera s'échapper vers la Suisse, une nuit de printemps.

Dès le début, cette guerre annonçait le désastre d'une défaite particulièrement rapide. La débâcle de nos armées, devant l'impressionnante puissance des forces allemandes conduit à l'armistice humiliant de Rotonde.
Puis ce fut l'exode et l'occupation.
Du 10 mai au 12 juin 1940, quelques cinq ou six millions de personnes se lancèrent sur les routes de France. Pris de panique après l'invasion allemande de la Hollande puis de la Belgique, plus de deux millions de Belges et de Hollandais se ruèrent vers le sud rejoignant les français du nord et de l'est qui abandonnaient leurs villes, leurs villages, leurs maisons, leurs biens pour échapper à l'invasion probable de leur région.

Hommes, femmes, enfants, de tous âges, de toutes conditions entassés sur des charrettes à cheval chargées de bagages, ou à pied, traînant ou poussant des chariot surchargés, inquiets, en pleurs souvent, tristes toujours, ils ont traversé la France, pour la plupart jusqu'en deçà de la Loire, en tirant vers l'ouest. Dormant dans les champs, sur les bords des routes, dans les granges et les hangars de ferme, ces pauvres gens dont beaucoup ont tout perdu dans cet exode, citoyens d'une Europe en décomposition, donnaient l'image désolante d'une humanité désespérée.

Beaucoup sont morts sur les routes, certains faibles et âgés d'épuisement et d'autres, tués par les mitraillages ou les bombardements aériens de l'impitoyable aviation allemande. Cet exode d'un mois, lourd de souffrances, de séparations, de pertes, d'abandons mais riche de courage, d'accueil et d'hospitalité, a pris fin avec l'occupation. Les retours au pays se sont ensuite échelonnés dans le temps ; un certains nombre d'enfants sont restés dans les familles qui les avaient accueillis jusqu'à ce que les parents aient à nouveau les moyens de les reprendre à charge...

Indépendamment de l'exode de 1940, cette période est marquée par un important déplacement d'enfants. Il s'agissait d'enfants des villes principalement, où la vie était plus difficile, destinés à être accueillis dans les campagnes. On avait organisé officiellement un système d'accueil en faisant appel à des familles volontaires : Jeanne et Théo s'étaient associés. C'est ainsi que de 1941 à 1945, nous avons accueilli à la ferme une petite lyonnaise, Huguette Brun, qui agrandit ainsi la famille pendant plusieurs années. Nous l'avions adoptée comme une sœur.

Huguette, que je n'ai revue que deux fois en soixante ans à Lyon en 1951, chez les parents, et à Neydens, chez sa sœur Eliane, en 2005... Ce fut une joie et une émotion que de raviver alors nos souvenirs de cette époque ! Hélas, Huguette est décédée brutalement quelques mois plus tard.

Au lendemain de la guerre, après la libération et sa période mouvementée, difficile, ambiguë, où se sont manifestées des violences, des vengeances, des sauvageries inqualifiables, la vie a repris. Il a fallu réparer, reconstruire, réapprendre, réespérer dans un contexte nouveau.

La fin calamiteuse de la IIIème République demandait une revanche. Une IVème République allait naître et tous les partisans d'un régime démocratique et libéral souhaitèrent qu'elle débute dans les meilleures conditions. Théo était de ceux-là; il en parlait de temps en temps, à l'occasion d'une rencontre, à la maison, chez Ratier ou chez Magnin, les deux cafés du Chef lieu, le dimanche matin, avec ses amis Paul Catry, Romain Debulle, Joannes Excoffier, Henri Robert et Henri Sarrasin. En fait, il y avait parmi eux, les partisans du Général de Gaulle, chef du premier gouvernement dans lequel cohabitaient toutes les tendances politiques et partisan d'un exécutif fort. Il y avait les tenants d'une droite conservatrice que les réformés sociaux engagés par De Gaulle effrayaient. Il y avait enfin ceux qui s'appuyaient sur un certain esprit de la résistance et qui se retrouvèrent, nombreux, dans ce nouveau mouvement issu d'une réflexion mi socialiste, mi démocrate-chrétienne, le MRP (Mouvement République Populaire) fondé en 1944. Théo n'était pas un Gaulliste inconditionnel, redoutant les hommes providentiels, ni un conservateur intolérant et nostalgique.

Le MRP ouvert, social, de centre gauche, bénéficiant de nombreux hommes politiques nouveaux issus de la résistance, désireux d'un nouveau régime dont l'avenir ne devrait être ni gaulliste, ni communiste, ces deux courants étant alors les forces politiques dominantes, correspondaient à un courant de pensée qui lui convenait.

Cependant, la IVème République naquit, hélas, difficilement, et puis eut bien du mal à vivre sereinement, secouée en permanence par l'impuissance des institutions devant des problèmes aussi importants que l'Europe, la décolonisation, mais aussi face à d'autres pouvoirs devenant particulièrement importants : celui de l'administration devenue très largement technique, celui de la presse écrite et de la radio, celui de l'économie par l'extension croissante de groupes privés, nationaux et internationaux.

Après les guerres, l'autre vie...

Vingt sixième Année — 10 CENTIMES (Espagne 15 cent.) — Lundi 11 Novembre 1918

LA GAZETTE DE BIARRITZ

ET DE BAYONNE

Journal Régional Quotidien

Louis-Ernest SEITZ, Directeur

VICTOIRE

« Le Jour de Gloire est arrivé ! »

l'Allemagne capitule et se rend à merci

L'ARMISTICE EST SIGNÉ

La guerre est finie depuis aujourd'hui lundi à 11 heures

TRIOMPHE !

La France triomphe.

Ses alliés triomphent avec elle, tous ses alliés, les grands, à qui notre héroïque Résistance et notre « Marne » immortelle ont permis de préparer avec nous la Victoire ; les autres qui, à l'ombre de notre drapeau éblouissant, ont vaincu le Destin, sont devenus ou deviendront la Grande Serbie, la Grande Roumanie, la Grande Italie, la Libre Pologne, la Libre Bohême, la Libre Arménie et la Russie ressuscitée.

La France triomphe et son triomphe ... du triomphe de tous ses Alliés.

Gloire à eux ! Gloire à notre France éternelle et à ces Poilus, désormais légendaires qu'attend l'Arc de Triomphe et qu'appelle notre chaude affection et notre enthousiaste admiration !

Gloire à tous nos nobles Alliés, sans qui la Victoire n'eût pas été possible, qui ont mêlé les couleurs de leurs drapeaux aux trois couleurs du nôtre, qui ont mêlé leur sang au nôtre et dont l'héroïsme et l'abnégation, également les nôtres, l'Angleterre, la Belgique, les Etats-Unis, l'Italie !

Et que nos chants de victoire et nos cris d'allégresse s'élèvent jusqu'au ciel !

« Un jour, a dit Clemenceau, un jour, de Paris au plus humble village, des rafales d'acclamations accueilleront nos ...

Paris, 11 Novembre 1918.

L'armistice a été signé

CE MATIN A SIX HEURES

Les hostilités ont cessé partout

A ONZE HEURES DU MATIN

HAVAS

L'enthousiasme à Paris :

PARIS. — Hier, Paris a été très animé. Une foule de promeneurs aux visages joyeux mais entièrement calmes, avaient envahi les promenades, les promenades et les jardins ... ville, chargés de drapeaux enroulés. Dans plusieurs jardins où jouaient les musiques militaires, la « Marseillaise » a été réclamée à plusieurs reprises. Un cortège même se forma aux Tuileries et parcourut plusieurs rues en chantant l'hymne national. Le soir venu, l'éclairage municipal avait été renforcé. De nombreux commerçants avaient rétabli les illuminations du

Après les guerres, l'autre vie…

1953-1989

Le 7 décembre 1953, Théo meurt subitement. C'est un soir d'hiver, alors que rien ne le laissait présager, même s'il était fatigué, qu'une hémorragie cérébrale l'emporte en quelques instants ; et pourtant ces années 50 s'annonçaient bien.
Grâce aux politiques de reconstruction, de réindustrialisations, grâce aux efforts de rapprochement des nations et des peuples, l'Europe est en projet, une Europe fondée sur la paix, le marché commun, la solidarité.

En France, la IVème République vit ses dernières années, avec le drame algérien jusqu'à ce que le Général de Gaulle redonne au pays un souffle et une place dans le monde. Les « Trente Glorieuses » vont suivre avec le développement de la société de consommation et du pacte social jusqu'à ce que la crise des années 72-73 apporte à nouveau l'inquiétude, l'inflation, le chômage. Après la présidence de Giscard d'Estaing marquée par les lois attendues sur des problèmes de société, F. Mitterrand, nouveau président, se prive courageusement du droit de grâce en abolissant la peine de mort, et décentralise la France, historiquement soumise à un très fort pouvoir central.

L'Europe progresse dans son extension géographique, dans ses traités successifs, alors qu'à l'aube de 1989, l'empire soviétique est ébranlé par la chute du mur de Berlin.

La Savoie, elle, depuis 1950, connaît une révolution économique et sociale sans précédent, fondée sur le tourisme à deux saisons, les industries de précision, les échanges transfrontaliers. L'ouverture des tunnels alpins, l'amélioration des réseaux routiers donnent à la Savoie son rôle de grand carrefour européen (le tunnel du Mont-Blanc est ouvert en 1965 et celui du Fréjus en 1980). Le réseau routier se développe grâce aux A40, A41 et A43. Le TGV apparaît au début des années 1980.

L'incontestable prospérité savoyarde attire désormais de nombreux étrangers, qu'ils viennent de France ou d'ailleurs. La croissance démographique est importante (2% en Haute-Savoie, 1% en Savoie). Profondément rurale encore au début du siècle, la population savoyarde, s'est très fortement urbanisée.

Dans ce contexte de prospérité économique, reste à assurer ce qui va s'avérer plus difficile : une culture de solidarité, l'abandon des politiques de clochers, la conscience que la question sociale doit être placée au centre du développement.

Théo, hélas, est mort sans avoir connu le développement de son pays et sans en avoir bénéficié. En décidant, en 1952, de ce libérer de la ferme, en achetant la maison « Charvin » à Faramaz, il espérait vivre désormais une vie moins lourde, moins dure, avec Jeanne et les enfants.

Au-delà d'une liberté espérée en quittant la ferme, son rêve c'est aussi celui d'une vie plus reposante, faite d'un temps plus à soi rempli sans doute de mille et un petits espoirs que lui seul imaginait.

Hélas, ce soir de décembre 1953, le rêve s'écroule.

Mais revenons à Jeanne. Décembre 1953 : la voici donc seule désormais, obligée dans un premier temps de gérer la ferme avec l'aide de Marcel, mon frère. Elle va ensuite s'en libérer pour s'installer à Faramaz dans cette maison achetée par elle et Théo, et qu'elle sera contrainte de revendre quelques années plus tard pour des raisons financières.

Elle partira alors pour Scionzier avec Eliane ma sœur où elles habiteront, l'une et l'autre un petit logement et travailleront courageusement à l'usine Depery dit « Basset » et logeront dans un immeuble de l'usine, avec Pierre, le p'tit dernier, apprenti à l'usine Delisle.

A cette époque, nous sommes dans les années 60. J'habite Cluses où après m'être marié en 1954, je travaille dans l'entreprise de transport Bourgey et Montreuil. Mon frère Marcel devenu menuisier, habite successivement Marnaz puis Cluses. Sa jeune femme, Jeanine, meurt brutalement en 1963, le laissant seul avec ses deux enfants, Christine et Marc. Jeanne, notre mère, va alors s'établir avec lui à Cluses, pour l'aider à élever ses enfants. Eliane entre temps, s'est mariée à Neydens où elle va rester désormais. Quand à Pierre après avoir appris le métier de camiste, il va être en mesure de créer sa propre entreprise à Scionzier et d'épouser une « Chonverotte» Madeleine. Jeanne va rester avec Marcel quelques années jusqu'à ce qu'il se remarie, puis créer et développer son entreprise de menuiserie à Thiez.

Jeanne trouve alors un travail qui lui convient parfaitement. Elle « gouverne » l'aumônerie de Cluses, une maison où se rassemblent les prêtres, curés, vicaires et aumôniers de Cluses et de la Sardagne. Elle habite alors la Sardagne où elle a acheté un petit appartement, c'est un lieu de rendez-vous, sympathique, rassurant où les aînés comme les jeunes sont bien accueillis... Ce point fixe de la Sardagne va jouer sa bienfaisante fonction de rendez-vous ponctuels apaisants pour tous et pour chacun, jusqu'à ce que la maladie oblige Jeanne à s'exiler une dernière fois. Eliane l'accueille chez elle à Neydens et l'entoure jusqu'à ce que 36 années après Théo, elle meure et qu'elle soit, comme lui enterrée au cimetière de Vulbens ; un cimetière à côté de la ferme où ils vécurent leurs heureuses et difficiles, mais en même temps trop courtes 22 années de vie commune. En quelque sorte, ils prolongent là, sur leur terre, dans la paix et pour l'éternité, leur rencontre, et une vie faite d'espoirs et de servitudes.

Des années 30 aux années 50, vingt ans se seront écoulés ; ils auront été ceux du travail à la ferme, de la naissance et de l'éducation des enfants. Ceux d'une longue période de guerre, puis ceux de la paix enfin retrouvée...

Mais ce bonheur hélàs ne durera pas, puisque Théo, dès 1950 est fatigué. Il consent bientôt, en 1952, à se soigner. En fin d'année 1953, il suit un traitement à la Tour du Pin (Isère). De là, il écrit à Jeanne et Jeanne lui répond. Il va mourir le 7 décembre 1953, quelques jours après sa dernière lettre à Jeanne, écrite le 4 décembre 1953.

Laissons les se parler l'un et l'autre, l'un à l'autre pendant ces dix jours de l'hiver 53 ; dix jours qu'ils vont vivre séparés l'un de l'autre en grande partie, mais proches, très proches avec cette proximité, cette complicité, cet amour discret, tendre, qu'exprime cet émouvant échange de mots, de sentiments, de confidences.

La Tour du Pin, lundi soir, le 27 novembre 1953

Chère Jeanne et toute la famille
Je suis arrivé ce matin à 9 heures ¼ et après un bon voyage. Hier soir j'ai couché chez Angelin où j'ai été bien reçu. Je suis parti ce matin à 6 h 1/2. En arrivant je suis rentré à l'hôtel du midi où je mange et couche. J'ai la chambre n° 8. A 2 heures je suis allé chez le docteur, et j'en sors à l'instant c'est-à-dire 5 h 1/2. Il m'a visité lui et son fils mais sans passer la radio. On m'a fait passer à 3 appareils. Alors il m'a dit que j'avais une atrophie du bras et c'est le moment de le

soigner. C'est le nerf conducteur qui est malade et qui ne nourrit plus les muscles. D'où perte de force, mais il m'a dit qu'il allait le guérir. Alors il paraît que je vais rester ici toute la semaine jusqu'à samedi ou peut être dimanche. C'est long enfin il faut. Voudras-tu bien m'écrire au plus tôt en m'envoyant le numéro de la carte de nos assurances sociales, on me la réclame et dis moi la feuille qu'il faut demander au docteur, je ne me le rappelle plus.
Maintenant j'espère que vous allez tous bien, ne te fais pas de souci pour moi fait toi aider le plus possible et ménage-toi. Les enfants peuvent te donner la main aussi et fais travailler le comis, car il faut faire attention à ce qu'il fait.
Donc je termine, je t'écrirais demain ou après demain, je vais porter la lettre à la poste, je t'embrasse bien fort ainsi que toute la famille.

Théo - Hôtel du midi – La Tour

Vulbens, le 1er décembre 1953

Cher Théo
Ce matin j'ai reçu ta lette je ne croyais même pas que tu aurais écrit tout de suite hier pensant que peut être tu n'aurais pas vu le docteur avant 6 h.
J'ai été contente de lire ta lettre de voir que tu as été bien reçu chez Angeline et que ainsi tu étais plus direct hier et tu as eu ta chambre aumoins écoute fais bien attention à ce que te dit le médecin et fais toi bien soigner. Surtout reste ce qu'il faut si c'est un jour de plus accepte et prends courage, tu vois c'était le moment, tu aurais déjà dû y aller avant.
C'est moi qui aurais dû écrire bien plus vite. Je l'ai assez dit mais il me semblait que tu penses que je voulais t'envoyer, et non c'est pour ton bien vois le. Et que tu reviennes en voyant et sentant que tu guéris vite ne t'en fais pas pour moi pour nous. Tout de même je ne suis pas une gamine, hier René est venu labourer avec le tracteur à 8 heures hier matin jusqu'à 6 heures du soir. Il a labouré tout vers chez Bozon et presque jusqu'au cimetière il a mangé et à 6 h ½ il

est reparti : et aujourd'hui j'ai envoyé Henri à Raclaz ramasser les poires il vient d'arriver c'est fini il y en a eu 3 caisses 2 bonnes donc tu vois le travail se fait bien. Louis est bien revenu dimanche de te conduire et tous vont bien. Marcel Pierre et les 2 petits je te joins la lettre que Mme Babel a répondue cela nous rassure.
Je t'envoie une feuille de demande d'avis favorable tu la donneras tout de suite j'ai oublié de te la donner en partant et le N° des assurances N° 23.06.97.74.30.13. Dis qu'il s'agit d'une maladie pour l'avis de la demande d'entente.
Adieu je te récrirai demain.
Je t'embrasse bien fort de tout cœur, et pour tous et ne t'ennuie pas trouve quelqu'un pour faire passer le temps, il faut te soigner.

Jeanne

Vulbens, le 2 décembre 1953

Cher Théo
Je reviens aujourd'hui un moment. J'ai fait vite pour t'écrire hier aussi j'ai bien oublié de te dire des choses. Pendant que je t'écrivais j'ai eu la mère Budel Carlo, alors tu connais ses pièges.
Carlo etait venu à Vulbens ne trouvant pas Wenger, il est venu. Je lui ai payé le café avec la gnôle. Il a bien perdu je ne peux m'en savoir de l'avoir vu si moindre. Et la mère Cudet était venue chercher de la salade, car ils ont la batteuse aujourd'hui, aujourd'hui nous avons encore un beau soleil. Il y avait la blanche ce matin, mais pas froid. Pour nous, ça va bien tous. Et toi comment cela se passe t-il ? Souffres-tu avec les séances sûrement. Mais ne te fais pas d'idée le mieux se fera sentir après tout de suite cela va te fatiguer. Aussi ne te décourage pas au contraire prends patience, et tu reviendras vite: vois tu le milieu de la semaine est là y a-t-il beaucoup de malades ? Et à l'hôtel aussi ? As-tu acheté tes bretelles ? Maintenant ce qui se passe ici. Voila 1er la diamant a été en humeur lundi. Elle avait que 15 jours. Qu'en ferons nous ? Aujourd'hui Henri finit le bois à fendre demain avec Pierre il rangera les fascines sur le bûcher. Ne

t'en fais pas je l'occuperais bien. Encore j'ai gagné mon pari avec les œufs j'en ai eu un hier donc tu as perdu. Dimanche quand tu es parti, vous avez rencontré Bozon de Moissé avec l'autre et quand Louis est revenu il y a un attroupement de gens vers le pont en sortant de Valleiry après le garage Chagnoux en venant de Vulbens. C'était l'auto à Bozon en triste posture ses occupants Bozon André et Jacquemie le facteur blessé Louis a aidé à relever André pour le conduire à l'hôpital il a une fracture du bassin, et est déhanché: le facteur lui un genou et le front il parait qu'ils avaient bien bu.
C'est ça des coups pour les parents hein : j'aime autant te le dire pour que tu sois au courant et ne dises pas tu aurais pu me le dire ainsi tu sais ce qui se passe. Pas d'autres nouveaux j'ai eu celui de l'assurance vie à midi je l'ai payé:
Louis m'avait donné 2000 F dimanche et lundi soir il a fait la paye le fruitier. Donc ne te tourmente pas ; est-ce qu'il faut que je te renvoie de l'argent. Ou on en renverra à Deinier ou à l'hôtel tu me diras ce qu'il faut faire.
J'ai laissé 2 minutes la lettre. Louis Bussat en char avec son père. Dans la cour. Ils rentrent dire bonjour. Bonjour ils s'assoient demandent si tu es là. Non je réponds. Dis donc dit Léon il y a des électriciens qui veulent placer un poteau. Adèle ne veut pas. Qu'est-ce que vous dites moi sans hésiter je lui réponds. Qu'elle s'arrange alors ; tu nous as pas tout vendu. C'est vrai et après qu'on a acheté vous avez passé les papiers avec oui je lui réponds en juillet et n'avais rien à dire tu n'en as jamais eu l'occasion et tu n'aurais pas voulu que devant sa porte j'y vende a quelqu'un d'autre non, mais c'est ma sœur. Alors il me dit tout penaud j'irai à St Julien demain on en sait assez long c'est tout ce que je voulais savoir et les voilà sortis et repartis : pas plus de bruit que ça et moi tu sais je n'ai rien dit de plus. Ni retenu, ni sorti après eux non plus. Laissons les pour ce qu'ils sont, ne t'en fais pas pour ça moi ça me touche pas. Il s'est assez fichu de nous je ne veux pas que tu t'en fasses pour ça. Pissard le remettra bien en place ne va pas te faire de souci hein?

Tu tâcheras de m'écrire si ça ne te fatigue pas trop. Allons adieu à bientôt je t'embrasse bien fort pour tous.

J.Futy

J'ai oublié hier de te mettre la lettre au sujet d'Eliane les voici adieu et fais courage.
Pierre connait bien le n° 8 de ta chambre, il pense bien fort à toi tu sais. Adieu

Le 1er décembre 1953

Chère Jeanne,
J'espère que tu vas bien ainsi que les enfants... Aujourd'hui ça va mieux je ne pense pas partir avant samedi ou peut être dimanche. Car il m'a dit la semaine entière. Donc, j'attends ce vendredi pour le savoir il faudra que je revienne un peu plus tard mais je ne sais pour combien de temps. Cette semaine il n'y a pas beaucoup de monde. Ici il fait un temps superbe. Les jours sont longs quand même. Hier après midi je suis monté à l'Eglise. Et quand j'aurais fini ma lettre j'irai jusqu'à la gare et peut-être retournerai je à l'Eglise. Il faut passer le temps comme je peux j'espère que tout le monde va bien. Faites ce que vous pouvez faire ce qui reste, reste. Je te récrirais sans doute vendredi car à ce moment je saurais sans doute le jour que je dois partir.
Donc je termine et t'embrasse bien fort, ainsi que toute la famille.
Je te remercie aussi des feuilles que tu as jointes à ta lettre.
Je t'embrasse bien fort.

Théo

Jeanne

C'est l'autorité allemande qui délivre les cartes d'identités sur lesquelles on peut remarquer qu'est mentionnée la religion de chaque citoyen.

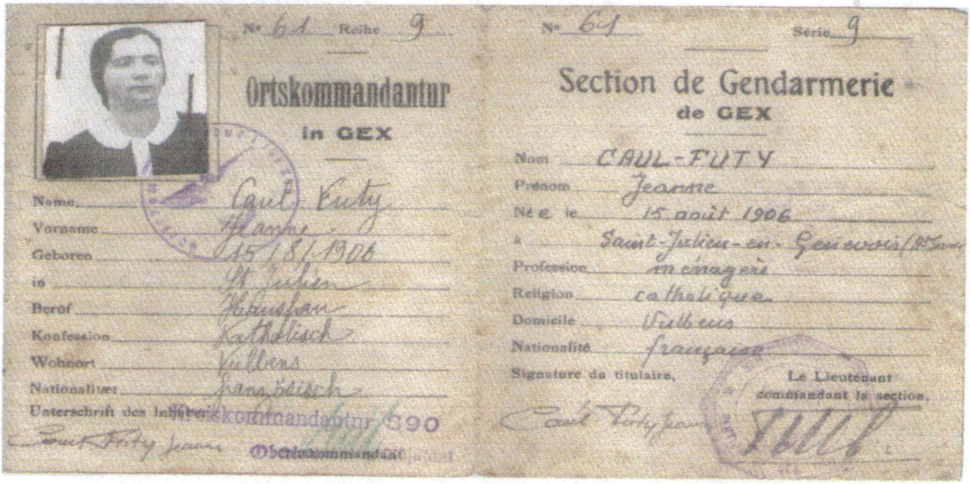
No 61 Reihe 9

Ortskommandantur
in GEX

Name Caul Futy
Vorname Jeanne
Geboren 15/8/1906
in St Julien
Beruf Hausfrau
Konfession Katholisch
Wohnort Vulbens
Nationalitaet französisch
Unterschrift des Inhabers
Ortskommandantur 890
Ortskommandant

No 61 Série 9

Section de Gendarmerie
de GEX

Nom CAUL-FUTY
Prénom Jeanne
Née le 15 août 1906
à Saint-Julien-en-Genevois
Profession ménagère
Religion catholique
Domicile Vulbens
Nationalité française
Signature du titulaire,
Le Lieutenant commandant la section,

Et les laisser-passer obligatoires...

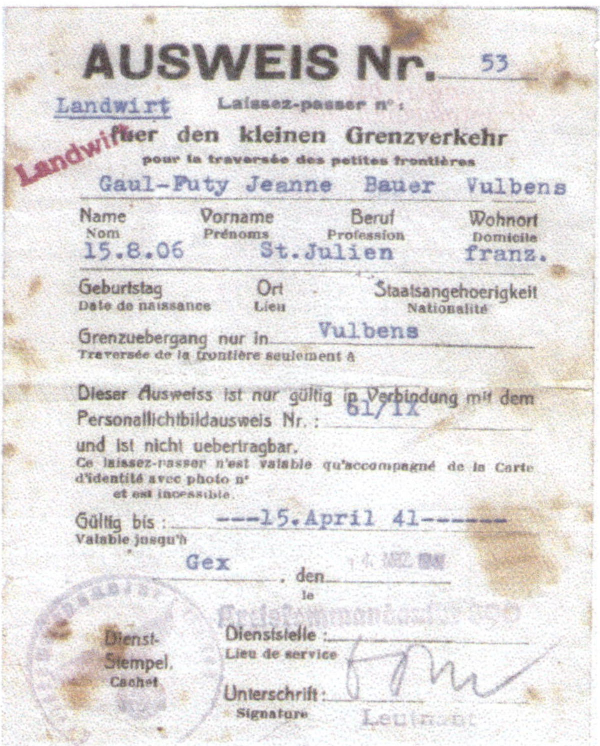
AUSWEIS Nr. 53

Landwirt Laissez-passer n° :

fuer den kleinen Grenzverkehr
pour la traversée des petites frontières

Gaul-Futy Jeanne Bauer Vulbens

Name / Nom — Vorname / Prénoms — Beruf / Profession — Wohnort / Domicile

15.8.06 St.Julien franz.

Geburtstag / Date de naissance — Ort / Lieu — Staatsangehoerigkeit / Nationalité

Grenzuebergang nur in Vulbens
Traversée de la frontière seulement à

Dieser Ausweiss ist nur gültig in Verbindung mit dem Personallichtbildausweis Nr. : 61/IX
und ist nicht uebertragbar.
Ce laissez-passer n'est valable qu'accompagné de la Carte d'identité avec photo n° et est incessible.

Gültig bis : ---15.April 41------
Valable jusqu'à

Gex, den
le

Dienst-Stempel
Cachet

Dienststelle :
Lieu de service

Unterschrift :
Signature
Leutnant

Théo

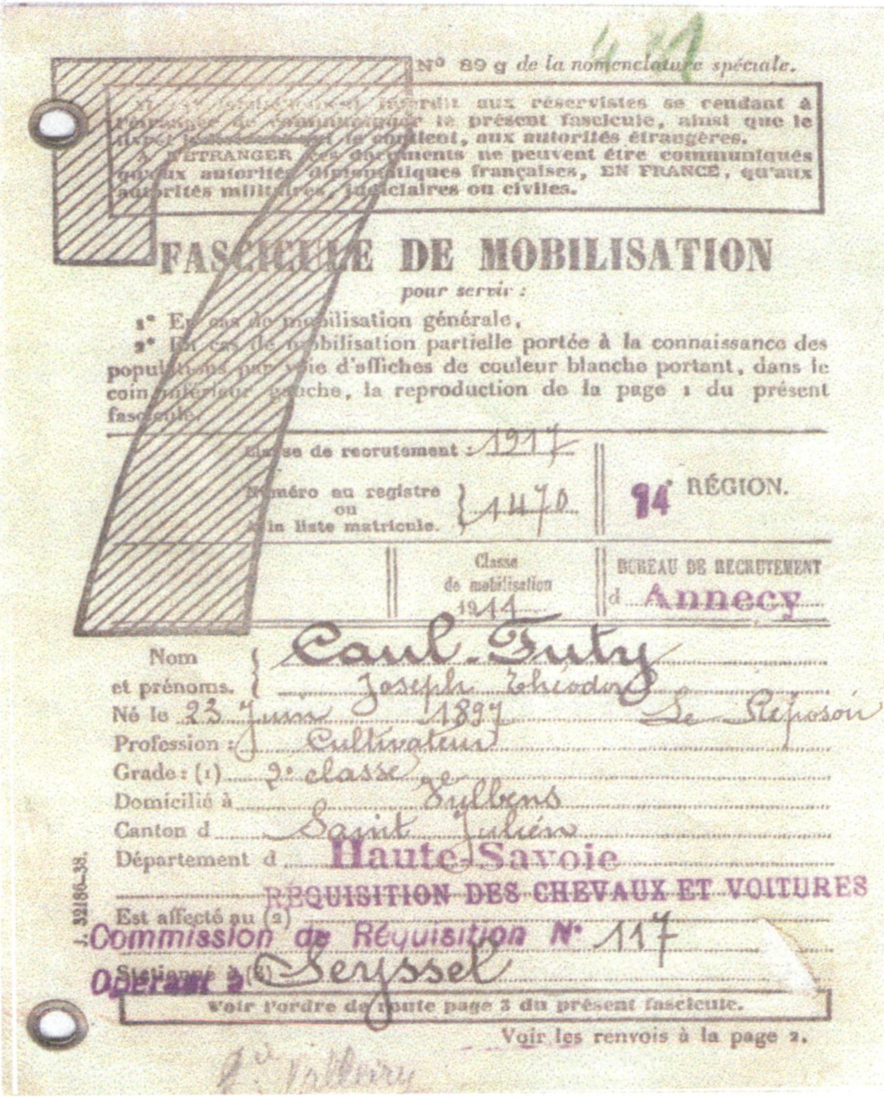

481

N° 89 g *de la nomenclature spéciale.*

Il est ... interdit aux réservistes se rendant à l'étranger de communiquer le présent fascicule, ainsi que le livret ... qui le contient, aux autorités étrangères.
A L'ETRANGER ces documents ne peuvent être communiqués qu'aux autorités diplomatiques françaises, EN FRANCE, qu'aux autorités militaires, judiciaires ou civiles.

FASCICULE DE MOBILISATION

pour servir :

1° En cas de mobilisation générale,
2° En cas de mobilisation partielle portée à la connaissance des populations par voie d'affiches de couleur blanche portant, dans le coin inférieur gauche, la reproduction de la page 1 du présent fascicule.

Classe de recrutement : 1917
Numéro au registre ou à la liste matricule : 1470
14e RÉGION.
Classe de mobilisation 1914
BUREAU DE RECRUTEMENT d Annecy

Nom et prénoms. Caul-Futy Joseph Théodore
Né le 23 Juin 1897 Le Reposoir
Profession : Cultivateur
Grade : (1) 2e classe
Domicilié à Sylbens
Canton d Saint Julien
Département d Haute-Savoie
RÉQUISITION DES CHEVAUX ET VOITURES
Est affecté au (2) Commission de Réquisition N° 117
Stationné à (3) Opérant à Seyssel
Voir l'ordre de route page 3 du présent fascicule.
Voir les renvois à la page 2.

J. 32186-38.

1940, Théo repart.
Mais, ce sera moins long et moins dur que 20 ans plus tôt.
Ce sera rapidement la défaite et l'occupation.

La grande guerre est finie !

La guerre est finie, définitivement, dit-on !
Les guerres sont finies, dit-on encore.
La vie militaire aussi, bien-sûr.
Nous sommes en 1920.

Il restera à Théo, « la Carte du Combattant »
Qu'il n'a jamais signée, jamais utilisée !

Il lui restera aussi « la Croix du Combattant »
qui a toujours dormi au fond d'un tiroir...

Il lui restera aussi l'espoir que ça ne recommence pas...

OFFICE NATIONAL
DES MUTILÉS, COMBATTANTS
ET VICTIMES DE LA GUERRE

Comité Départemental
d'HAUTE-SAVOIE

RÉPUBLIQUE FRANÇAISE

N° 14351

CARTE DU COMBATTANT

Valable du 6-3-1935 au 5-8-1940

Délivrée à

M CAUL-FUTY
Prénoms Joseph-Théodore
Domicile Vulbens
Né le 23 Juin 1897
A Le Reposoir Départ Hte-Savoie

ANNECY, le 6 AOUT 1935

P/ Le Président du Comité Départemental
Le Chef de Service Administratif

Le Titulaire,

La guerre et ses ravages...

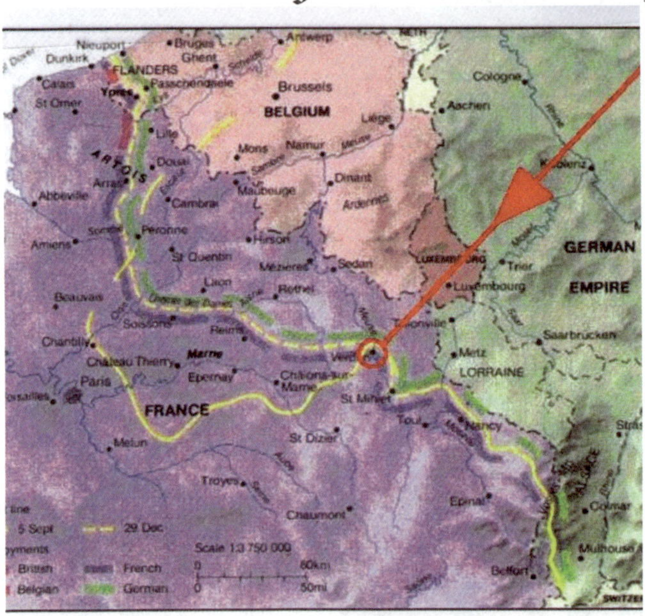

Le haut lieu des Combat
la Somme,
les Ardennes,
la Marne,
1916,
1917,
1918
Théo est blessé, gazé :
C'est la Grande Guerre

Lettre de Théo adressée à ses parents, écrite le 22 novembre 1918, au Camp des Darboussières à Fréjus.

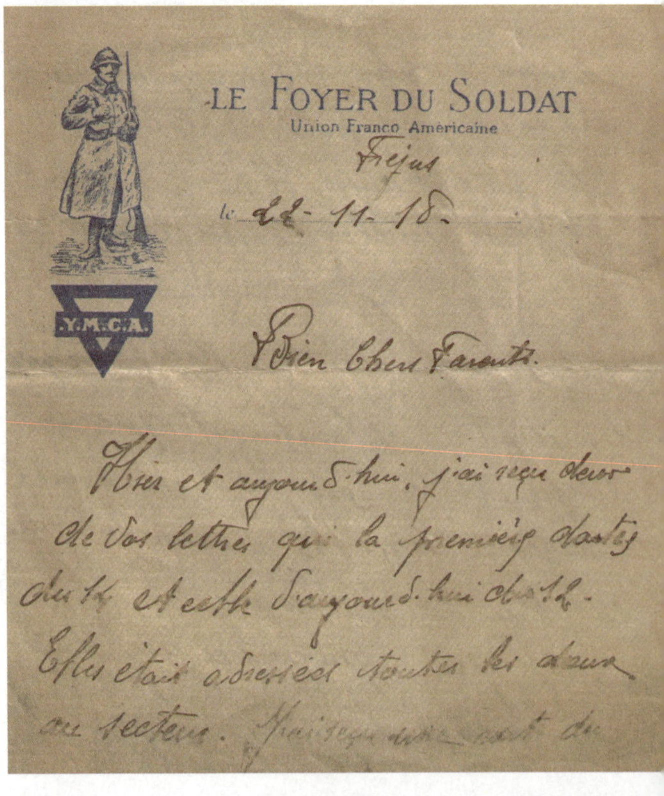
LE FOYER DU SOLDAT
Union Franco Américaine
Y.M.C.A.

Fréjus

le 22-11-18.

Bien Chers Parents.

Hier et aujourd'hui, j'ai reçu deux de vos lettres qui la première datée du 14 et celle d'aujourd'hui du 12. Elles était adressées toutes les deux au secteur. [illegible]

La famille dans les années 50

Louis, Jeanne, Théo
Eliane
Pierre, Marcel
et la Fivette

Vulbens

La grande rue de Vulbens en 1905

La grande rue de Vulbens en 2002

Le Reposoir

Le Reposoir en 1923

Le Reposoir en 2006

Le château de Vulbens

Le château a été occupé par les allemands entre 1942 et 1945 pour en faire la *kommandatur,* c'est à dire le poste de commandement du secteur.

La tour, le 3 décembre 1953

Chère Jeanne et toute la famille

J'ai reçu ta lettre ce matin par laquelle j'apprends les nouvelles je suis content de vous savoir bien. Quand à moi ça va. Tous les jours au traitemens encore demain et samedi matin. Je verrais le Docteur demain je pense partir dans la journée samedi mais je ne sais pas encore comment j'ai un train à 11 h 30 sur Chambéry. Mais je ne sais pas si j'aurais fini. Si par exemple j'attends le car du soir il faut que je couche à Annecy et repartir dimanche matin. Mais je ferai mon possible pour avoir fini pour l'heure du train.

J'ai acheté des bretelles qui me coûtent 350 francs, je n'ai pas besoin d'argent. S'il me manque pour payer Denier je lui donnerai la prochaine fois. Comme je te l'ai dit déjà sur ma lettre, il n'y a pas beaucoup de monde à l'hôtel nous sommes que trois qui mangeons et en traitement une femme de L'Isère un homme de Culoz et moi.

Tu me parles de la Diamant il faudra qu'on la fasse voir au vétérinaire ça ne peut plus durer ainsi. Quant à la vie de Bussat c'est comme tu dis il ne faut pas se casser la tête pour eux. Je n'y pense même pas. Bozon n'a pas de chance j'espère qu'ils n'ont pas trop mal.

Je vais écrire une lettre à Alexandrine, cela fera passer le temps, il fait toujours beau et pas frais. Après dîner je suis aller faire un tour pour me distraire le temps passe plus vite ainsi. Et je t'écris avant le départ du courrier qui a lieu à 6 h ½ .

Les effets du traitement ne se font pas sentir encore. Mais le bras me parait un peu plus souple. J'espère bien qu'il y aura une amélioration. J'ai reçu une lettre de Roland qui me demande comment ça va et qu'il faut leur écrire. Je vais leur envoyer une lettre. Je suis bien content aussi de la lettre de Mme Babel au sujet d'Eliane. C'est une dame qui a l'air de comprendre. Tu vois ma lettre se remplit il y a longtemps que je n'avais pas écrit comme cette semaine. Je termine donc et t'embrasse bien fort ainsi que toute la famille.

A samedi, j'espère.

Théo

Cette lettre de Théo, notre père à notre mère, Jeanne, écrite le 3 décembre 1953, pendant sa période de soins à la Tour du Pin, se termine ainsi : « Il y a longtemps que je n'avais pas écrit comme cette semaine. »
En effet, cette lettre est la troisième en huit jours, mais hélas, ce sera la dernière. Cette relation écrite intense et inhabituelle marque sans doute l'attention portée aux siens, à Jeanne en particulier, son souci pour la marche de la ferme et sans doute aussi son besoin d'une expression affective que l'écriture rend, dans une certaine mesure, plus facile...
Il va mourir, quatre jours plus tard. Le soir de son retour, le 7 décembre.

La presse locale lui rend hommage :

SAINT-JULIEN
Vulbens
Le 11 décembre 1953

Funérailles

Lundi dernier, les habitants de Vulbens apprenaient avec une vive « peine » la mort si rapide de notre ami M. Joseph-Théodore Caul-Futy, un bon père de famille et brave fermier de la commune.

Le regretté Théo qui vient de nous quitter bien jeune encore, était âgé de 56 ans. On peut dire qu'il était une belle figure de la commune et de la région.

Homme droit et serviable, M. Joseph-Théodore Caul-Futy était aussi très attaché à la foi de ses aïeux et profondément chrétien.

Une foule énorme a assisté, jeudi dernier aux funérailles de notre regretté ami. Dans le long cortège formé de gens venus de toute la région on remarquait le drapeau des anciens combattants dont faisait partie le défunt, et plusieurs prêtres.

Puisse le témoignage de sympathie donné au défunt et sa famille par ses imposantes funérailles, puisse ce témoignage s'ajoutant à leur foi chrétienne adoucir le chagrin des siens.

Nous présentons aussi nos vives condoléances à toute la famille de M.Joseph-Théodore Caul-Futy dans la peine.

Vulbens
Mort subite

Jeudi dernier, une assistance nombreuse et émue a assisté aux funérailles de M. Théodore Caul-Futy, enlevé brusquement à l'affection de sa famille à l'âge de 55 ans.

Ancien combattant de la guerre 1914-1918, le regretté défunt était très connu et fort estimé dans toute notre région du Vuache. Travailleur honnête, dévoué, homme sympathique s'il en fut, M. Caul-Futy, laisse une veuve et quatre enfants.

A sa famille éplorée, nous adressons nos sincères condoléances.

Je demande à la mort, la paix, les longs sommeils,
Le chant des séraphins, leurs parfums, leurs guirlandes,
Les angelets de laine en chaudes houppelandes,
Et j'espère des nuits sans lune ni soleils sur d'immobiles landes.

Jean Genet

Mémoires...

Les gouttes de mémoires tombent
une à une
et forment
la mare éclairée de mille souvenirs,
Transparente, où l'on voit passer
les nuages orageux
et filtrer
les rayons chauds du soleil...
la paix s'étend sur ce tapis
d'histoire
Je me penche et je vois...
Je nous vois rassemblés

Souvenirs d'images, de gestes, de paroles, d'attitudes, d'opinions, de traditions... cette mémoire dense, multiple, révèle le vécu différent de chacun aux choses et aux autres... Eliane, Marcel, Pierre et moi-même disons ici, l'un après l'autre ce qui nous est commun et ce qui nous est particulier dans le concert d'images et des sentiments qui peuplent nos mémoires...

Pierre est « le petit dernier » ; né en pleine guerre en 1940, il pâtit lourdement de la mort d'un père qui lui a sans doute plus fait défaut qu'aux aînés. Son témoignage d'ailleurs, est essentiellement l'expression d'une tendresse profonde marquée par le poids d'une absence douloureuse :

« Mon père »

C'était avant tout, L'Papa, comme on l'appelait. Assis en bout de table, il dirigeait la maison de main de maître sans jamais en être un. Pour lui le mot « famille » avait un sens noble.

C'était un des seuls moments qu'il passait avec nous, car sa vie, c'était la ferme. Le dimanche était un jour sacré, le matin, avant d'aller à la messe, il s'asseyait devant la fenêtre du « pèle » pour la séance de rasage. Tout était là : eau tiède, blaireau, savon à barbe, cuir d'affûtage et rasoir à couteau... ne pas s'approcher, ne pas déranger.

Il ne regardait jamais les heures ; levé très tôt il aimait le travail fait et bien fait. Bêtes et écuries devaient être tenues très propres de même que le matériel et les ustensiles de traite. Il était exigeant avec ceux qui l'entouraient et les commis devaient s'adapter. De temps en temps, les choses étaient remises en place par une brève mais sévère réprimande, mais bien souvent les seuls plis au front suffisaient.

Il avait un jour qu'il vénérait particulièrement : c'était le 11 novembre. Ce jour d'Armistice était dédié aux souvenirs et à ses amis. Avec Ernest Carrel, Joseph Pelissier, Le P'tit Henri, Albert Philippe (tachon), Jean Trabichet, Ernest Gaillard, Alphonse Ray, Johannès Excoffier, etc. C'était vraiment la journée des retrouvailles, avec des moments de sourires et beaucoup de moments tristes passés à se remémorer les durs moments de la Grande Guerre.

Cette année, en septembre, Madeleine et Moi, nous avons fait un voyage à Verdun. Pendant ce séjour nous avons beaucoup pensé à lui et à ses camarades, en essayant de nous imaginer, ces jours, ces mois, ces années de calvaire que tous ont dû endurer ; et eux ils sont revenus...

Il y avait aussi, mais rarement, le retour aux sources : la Foire du lundi de Pentecôte à Cluses, avec visites, de jour comme de nuit, chez les Futy et rencontres avec les amis du Reposoir : Tardy (Boron), Guimet des cars et Pernet, c'étaient des retrouvailles très amicales. J'avais parfois le plaisir de l'accompagner ; mais après quelques chapelles le sommeil me gagnait et je dormais où l'on se trouvait.

A la ferme de Vulbens, la porte de la maison était toujours ouverte : aux gens de passage, aux vendeurs avec leur baluchon, aux vagabonds, il y en avait beaucoup à cette époque. Pour les réconforter on leur donnait une assiette de soupe avec nous, à table, ou sur le banc dehors s'ils avaient des poux, le partage à l'époque était de rigueur et naturel. Ceux qui couchaient à la grange, dans le foin, étaient contraints de poser leurs objets de feu (briquet allumettes) à l'extérieur pour éviter les incendies sinon ils restaient à la belle étoile.

Il faut, bien sûr, l'associer à la Maman, qui comme lui, était une femme courageuse, travailleuse, et avec un certain caractère, Basile doit se souvenir encore du soufflet qu'il a reçu lorsqu'il lui a demandé son âge...

Ce fut un couple comme on n'en voit peu actuellement. Quel exemple.

Et puis arrive le 7 décembre 1953, en quelques secondes c'est le trou le néant, il s'éteint sans mot, sans un bruit, en lisant « Le Chevalier de Maison Rouge ». Pour moi, cela a été vraiment dur, à 13 ans. J'ai parcouru pendant des soirs et des soirs, l'écurie, la grange, la cave, à la recherche du Papa.

Et puis la roue tourne, la vie continue, la Maman a été très forte et l'exemple venant d'eux deux la famille est toujours unie. Je crois que l'on peut leur dire Merci.

Pierre (le p'tit)

Marcel, de 5 ans mon cadet est sans doute celui qui a le mieux connu la ferme et le travail de la Terre. D'ailleurs, c'est lui qui en 1953, il avait 18 ans, a pris en charge l'exploitation à la mort de Théo, notre père. Il raconte ici, en connaisseur, les travaux, le labeur, la peine du fermier.

Louis m'a demandé d'écrire quelques mots sur nos parents, « le papa » et « la maman », ce que très modestement, je vais essayer de faire.

Parler ou écrire de mes parents (surtout de mon père) est indissociable pour moi de parler ou écrire de mon enfance et de mon adolescence. Je n'avais que 17 ans quand papa a disparu et je n'ai pas pu le regarder avec un regard d'adulte, avoir avec lui des conversations ou des échanges d'homme.

Les souvenirs sont quelques fois fugaces mais je vais essayer d'en rapporter quelques anecdotes vécues par un gamin, on pourra peut-être se faire une idée de leur caractère et de leur vie. Le seul fait d'ailleurs de rechercher mes parents en moi m'amène les larmes aux yeux, car pour moi ils étaient (et c'est normal) le référence, le modèle, que, inconsciemment j'observais et essayais d'imiter.

Mes premiers souvenirs ? C'est la ferme bien sûr. Avec ses animaux, ses travaux, le va et vient constant des parents et du «commis », le passage des chevaux et de leur attelage, les vaches aux champs, les poules, les lapins, etc. Mais c'est d'abord le froid, l'humidité ensuite. Le froid glacial des matins d'hiver avec ses vitres gelées sur les fenêtres. Le froid encore qui provoquait immanquablement des engelures aux pieds et aux genoux (nous n'avions que des pantalons courts) et l'humidité du dégel ou de la pluie qui trempait chaussures et chaussettes.

Et pourtant, papa travaillait pour remédier à cela. Tout simplement en faisant du bois. Ces jours de bise et de froid sec, il partait, seul ou avec le commis, une hache sur l'épaule, une serpe à la main et la musette en bandoulière contenant un morceau de pain et de lard accompagné d'une bouteille de cidre. Je me rends compte maintenant des efforts à déployer pour abattre le bois à la hache, élaguer à la serpe, empiler les troncs et les branches, faire des fascines avec le petit bois, nettoyer et brûler les déchets. Lorsque le bois était empilé, il venait avec les chevaux et le « char long », mettait les « curets » pour maintenir les troncs et allait les décharger dans la cour. Plus tard, le bois serait scié à la circulaire, fendu à la hache sur le flot et mis à l'abri sous le bûcher. Tout cela fait entièrement avec ses mains, si l'on excepte la circulaire, pour que nous ayons un peu de chaleur pendant l'hiver et que le fourneau soit allumé tous les jours. La peine en était d'autant plus lourde que le bail fermier auprès de Melle Gay, ne l'autorisait à couper que les haies bordant les champs ou les arbres morts des vergers, mais en aucun cas les bois de la propriété, ceux-ci étant réservés à la bailleuse.

Mais bien sûr, il y avait beaucoup d'autres choses, d'autres travaux qui mobilisaient les parents. Je ne me souviens pas les avoir vus ne pas travailler, au sens où nous l'entendons maintenant. A part une courte sieste en été, moment des gros travaux (et encore, pas pour maman) et le repos dominical (c'est-à-dire le dimanche après-midi), ils travaillaient sans interruption du lever, vers cinq heures, au repas du soir vers vingt heures ou plus.

Il y avait bien sûr, les animaux de la ferme. Le matin il fallait traire les vaches (à la main), sortir le fumier, faire la litière, donner le foin, étriller, etc. ... et recommencer en fin de journée. Maman participait à la traite et s'occupait des poules, canards, oies, lapins et des chaudières au cochon.

Au printemps, il fallait préparer les prés avec la herse, labourer et semer l'orge et l'avoine, épandre l'engrais, faucher chaque jour à la faux la première luzerne pour le bétail.

En été, arrivaient les plus durs travaux avec le foin et les moissons. La faucheuse, attelée d'un cheval, coupait le foin mais tous les endroits difficiles étaient terminés à la faux (pentes pourtour des arbres, bords des ruisseaux...). Il ne fallait rien laisser perdre et engranger le plus de fourrage possible pour nourrir le bétail durant l'hiver. Il fallait ensuite endainer, rateler, fourner le foin, mettre en fourchées, charger le char et le ramener à la grange et monter la charpe sur le fenil à l'aide du monte-charge. Les moissons suivaient. Le premier endain était fait à la faux, ensuite la faucheuse passait, tirée cette fois par deux chevaux, avec le charretier qui tenait les rênes (je l'ai fait souvent) et le javeleur, papa, qui d'un ample coup de râteau ramenait une brassée d'épis sur leurs tiges et déposait une javelle au sol d'un coup de pédale. Javelles qu'il fallait ensuite assembler en boisseaux et, comme pour le foin, ramener le tout sur le fenil dans l'attente de la batteuse qui viendrait à l'automne.

Travaux harassants, d'une pénibilité que l'on n'imagine plus aujourd'hui. Tout le monde devait participer: enfants, commis, éventuellement parents et amis, mais surtout maman et papa, sur qui reposaient l'organisation, la répartition du travail, la préparation des outils, des chars, le soin des chevaux, etc. et aussi le bon choix de la coupe du foin ou du blé en fonction de mûrissement et de la météo. Il faut s'être servi d'une faux pour connaître la douleur qu'elle provoque aux bras, au dos et aux côtes. Papa était très bon faucheur.

Aussitôt après les moissons venait l'arrachage des pommes de terre, quelques deux à trois mille kilogrammes de récolte, la semence ayant été mise en terre au printemps. L'arrachage se faisait avec un cheval tirant la batteuse tenue à deux mains par papa. Et derrière, tout le monde disponible ramassait, en feuillant la terre, pour la mise en sac et le charroi à la cave. C'était la provision de l'année.

Suivait l'arrachage des betteraves. Entièrement à la force du poignet. Les betteraves seront broyées, chaque matin jusqu'au printemps, et mélangées à la poussière du blé (résidu de la batteuse). Ce sera « la lèche », aliment très nutritif pour le bétail.

Il y avait ensuite la cueillette des fruits. Au moins vingt tonnes de pommes et poires produites dans les vergers sur des arbres « plein vent ». Il fallait faire le tour de chaque arbre en déplaçant progressivement une lourde échelle et cueillir les fruits un à un, dans la « batiul », gros sac noué par deux bouts et passé sur l'épaule. Les fruits, mis en caisse seraient ramassés chaque soir sur le char à pont et entassés sous la remise en attendant leur vente. C'était une partie des revenus pour payer le fermage.

Pour terminer les gros travaux de l'année venait le labour. La charrue Brabant, tirée par Bijou et Marquis qui donnaient toute leur énergie, était surveillée par papa, les guides à la main et un œil permanent sur la rectitude du sillon. Au bout du champ il manœuvrait les chevaux pour le demi-tour, tout en tournant la charrue, basculait les socs pour en inverser les sens. Travail très dur, fatiguant tant pour papa que pour les bêtes. Je le revois encore, encourageant les chevaux blanchis de sueur sous le harnais, faisant claquer le fouet puis insultant le cheval qui prenait du retard, le traitant de carne, pourriture, et j'en passe. Au bout du sillon, il se retournait parfois quelques minutes, s'épongeait le front en regardant son labour. Puis il fallait remettre ça, plusieurs jours durant, mais en alternance pour ménager les bêtes, autant qu'il était possible. Ensuite, il fallait herser, semer le blé à la volée (le geste auguste du semeur) et rouler pour bien enraciner le grain.

Les gros travaux de l'année étaient à peu près terminés.

Venait bientôt la fin de l'automne, puis l'hiver temps de la fabrication du cidre, de l'entretien des outils, des harnais, des locaux, des chars. Bref, de multiples tâches tous les jours.

Je pense aussi aux travaux moins lourds, moins pénibles, mais tout aussi nécessaires tout au long de l'année : les foins des chevaux, le balayage de la cour tous les dimanches matin.

Tout ça c'était pour papa principalement. Et pour maman, il y avait la basse-cour, les lapins, les petit bois, l'immense jardin mais aussi les repas, le linge à laver au bassin sur la planche etc.

J'ai décrit tous ces travaux, toute cette activité (et j'en oublie c'est sûr) pour essayer de faire comprendre la somme de labeur fourni par nos parents, simplement pour que nous puissions vivre, car nous n'étions pas riches, loin s'en faut. La principale rentrée d'argent, provenait chaque mois de la vente du lait, porté à la fruitière matin et soir après la traite. Ensuite, la vente des fruits et du blé à l'automne. A part cela, quelques kilos de patates ou fruits au détail, des œufs, un poulet ou un lapin. Et il fallait faire avec. Pour toute l'année et pour toute la famille : payer le fermage (voir les conditions du bail qui tenaient d'un temps moyenâgeux), payer le commis, le vétérinaire, les engrais, le docteur... et les frais de ménage. Les besoins étaient sans rapport avec ceux que nous connaissons de nos jours, mais tout de même, il fallait acheter le pain, des vêtements de temps à autre, un rôti le dimanche, payer les études des enfants, etc...

J'observais tout cela inconsciemment, ma mémoire enregistrait. J'ai senti très tôt, aux environs de sept ans que les besoins matériels tracassaient nos parents. Je voulais savoir s'ils avaient de l'argent en réserve, alors, pendant qu'ils trayaient les vaches, plusieurs jours durant, j'ai fouillé. Partout. Dans les tiroirs, le buffet de cuisine, la crédence, sous le matelas de leur lit, sous les piles de linge. Et un jour j'ai trouvé. Entre deux draps, dans l'armoire de leur chambre, au-dessus du tiroir côté gauche, il y avait une petite boîte métallique, plate, et à l'intérieur des billets. Oh ! Pas grand-chose, trois ou quatre billets de mille francs. Survint le passage du vétérinaire, puis du docteur Charlet pour Pierre. Le lendemain la boîte n'avait plus qu'un seul billet. Puis une vache fut vendue et la boîte se remplit. J'ai pu mesurer ainsi, dans ma petite tête l'énorme difficulté que les parents avaient pour tenir en permanence un si léger pécule. Je les entendais chaque matin depuis mon lit qui discutaient en prenant leur déjeuner. Je pense que pour eux, c'était un des bons moments de la journée. Et souvent revenait le problème des dépenses, des rentrées, bref, du souci de l'avenir. Evidemment je n'étais qu'un gamin. J'enregistrais toutes ces choses mais je n'y pensais plus dans la journée.

Puis un jour m'est venue la perception de la propriété. Nos voisins étaient propriétaires et nous étions fermiers. Je n'arrivais pas à comprendre la différence jusqu'au jour où papa, sans doute excédé par mes questions, m'a expliqué que la ferme et surtout le sol sur lequel nous marchions n'était pas à lui, pas à nous, mais à Melle Gay, alors que mes copains, eux, marchaient sur un sol appartenant à leurs parents. Il m'a fait comprendre en même temps que les routes, le chemin qui passait devant la cour, étaient publics, c'est-à-dire appartenaient à part égales à tout le monde. Quand je compris enfin, je courus jusqu'au chemin et j'ai crié à papa un peu surpris : « Maintenant, je suis un peu chez nous. » Depuis lors et tant que nous sommes restés à la ferme, j'avais une impression de brûlure sous la plante des pieds quand je pensais à la propriété. Je haïssais marcher sur le sol appartenant à Melle Gay. Je dois vous dire (et ceci n'a rien à voir avec mes parents) que cette sensation ne m'a quitté qu'au jour où j'ai pu enfin acheter un terrain à Thiez pour y construire mon atelier. En sortant de l'étude du notaire, je suis allé sur «mon terrain» qui n'était que broussailles, je me suis allongé sur le sol et j'ai pleuré. Je pensais à moi bien sûr mais aussi à maman et surtout à papa. J'aurais tant aimé qu'ils soient là... j'avais trente-deux ans... mais pardonnez-moi de m'être quelque peu écarté du sujet et revenons aux parents.

Maman était douce et tendre par moments elle savait être sévère et avait une idée précise de notre éducation. Malgré toutes ses tâches elle surveillait nos devoirs d'école et de catéchisme, elle prenait soin de notre habillement autant qu'elle le pouvait, même si les chemises, pantalons ou chaussettes étaient reprisés au maximum. Le lavage des mains et des oreilles était important, tout comme le bain une fois par semaine, en hiver dans la bassine de la cuisine, l'été dans le lavoir communal.

Il faut dire que nous n'avions pas l'eau courante à la cuisine, seul un évier de pierre, sans robinet, l'eau, elle coulait dans la cour, au bassin. C'était bien suffisant pour les fermiers, avait répondu la propriétaire à papa, qui avait proposé de faire les travaux à ses frais pour amener un tuyau jusqu'à la cuisine. On peut imaginer les corvées évitées à maman, par un simple « oui » de cette femme, qui par ailleurs prônait la charité chrétienne, avait un banc réservé à l'église, était marraine de la grosse cloche, et j'en passe...

Maman, nous ne connaissions pas son âge, elle s'interdisait de le dire et se fâchait si nous le lui demandions. Je trouvais dommage qu'elle s'habille toujours en sombre. Mais c'était l'époque. Elle aimait papa, elle en a toujours gardé un souvenir aigu et elle a énormément souffert de sa disparition. Elle a dû trimer pour payer la maison de Faramaz, malgré nos efforts pour l'aider. Plus tard, à Cluses, elle avait enfin un peu de repos, mais je ne suis pas sûr qu'elle y ait été vraiment heureuse. Elle était seule. Je regrette souvent de n'avoir pas su, ou pas pu, l'aider davantage, elle qui s'est sacrifiée pour mes enfants.

Papa, c'était un homme, le chef de famille. D'instinct, j'ai toujours su qu'il était là pour nous, pour nous servir d'appui. Il avait l'air sévère avec sa casquette et sa moustache. Sévère, il l'était, mais pas méchant. Je sais même qu'il était très sensible et bon au fond de lui-même. Mais il n'extériorisait pas. La vie ne lui avait rien donné sinon sa droiture et son honnêteté. Il faut dire que je méritais parfois quelques corrections. A table nous n'avions pas le droit à la parole, sauf sur demande. J'oubliais souvent et alors « Vlan », je ramassais un coup de casquette. Pour les cas plus graves, cela pouvait aller jusqu'à une paire de gifles, le martinet, la trique d'osier. Certains, à qui j'ai pu parler de ces choses, m'ont demandé si je n'avais pas de rancune, ou même davantage. Eh bien non, j'ai toujours beaucoup aimé mon papa. D'une certaine façon, je crois avoir été assez proche de lui, je pense à cause de ma place parmi les quatre enfants. Non pas qu'il y eût de préférence, loin de là, mais Louis est parti très jeune suivre ses études, Eliane aidait maman aux tâches ménagères, avant la maison familiale, et moi, en grandissant, je pouvais l'aider, alors j'étais plus souvent avec lui. Pierre était « le petit », celui qu'il chérissait, et c'était bien normal, mais il était encore si jeune lorsque papa nous a quittés !

Je crois avoir toujours eu envie de l'aider. Je me rendais compte qu'il n'arrêtait jamais, alors j'ai commencé par clouer des caisses à fruits, assembler des clapiers, plus tard à traire les vaches, préparer la « lèche », couper du petit bois, etc. Toutes choses que nos parents nous demandaient et que nous apprenions naturellement en suivant leur...

Plus tard, je pense vers onze-douze ans, il a commencé à me confier la conduite des chevaux. J'adorais ça. Alors avec lui, j'allais faucher, rentrer le foin, le blé, mener le fumier. C'est lui qui m'a appris à me tenir à cheval, sur Bijou. Et entre deux charrois, il arrivait qu'il me fasse quelques confidences. Oh! Très peu. Il n'était pas très bavard mais le courant passait davantage par un geste, une attitude, quelques mots, plutôt que par de longues phrases. Comme tout gamin, je posais beaucoup de questions. Par ce moyen, en l'observant, il m'a beaucoup appris. Mais il n'aimait pas parler de la guerre, de « sa guerre », celle de 14-18. Je n'ai jamais pu savoir comment s'était réellement passée cette période de sa vie. Il m'a raconté être allé en Orient, à Salonique. Cela, je crois que ça l'avait marqué. Mais comment ? Combien de temps ? Sans réponse. De même, il m'a parlé des tranchées, de Verdun, mais pas de détails. Peut-être était-ce trop dur pour lui de remuer tous ces souvenirs ? Peut-être pensait-il que ce n'était pas l'affaire d'un gamin ?

En revanche, en souvenir de cette guerre il y avait le 11 novembre. Jamais il ne manquait la commémoration de l'armistice, et la journée finissait toujours tard le soir, en compagnie des anciens combattants : Robert Dupont, Joannès, Joseph Pélissier, Ernest Gaillard et d'autres... Ce jour-là, maman était de corvée supplémentaire pour « soigner les vaches ».

On ne plaisantait pas sur le sujet 14-18. Je me souviens d'un dimanche, au rituel de la chopine après la messe, nous étions assis avec quelques voisins chez « la Thérèse » sous la tonnelle. Cette tonnelle était soutenue par des poteaux métalliques ayant des parties saillantes en hauteur, genre porte-manteaux. La discussion est arrivée sur les souvenirs de guerre. C'est alors que « Carlo » le petit cordonnier, coiffeur, accordéoniste, qui n'avait pas été mobilisé, s'est permis des réflexions désobligeantes sur les anciens combattants, des doutes sur l'affirmation de leurs souffrances et de leurs privations. D'un coup, papa est entré dans une colère noire. Il a traité « Carlo » de tous les noms, lui assénant tous les jurons et adjectifs désobligeants de son vocabulaire. Pui il s'est jeté sur lui, l'a empoigné sous les bras, et d'un seul élan l'a accroché à un poteau. Puis il est parti furieux, laissant « Carlo » gigoter comme un pantin, suspendu par ses bretelles. Je ne l'avais jamais vu dans cet état. Mais il n'était pas rancunier. Le lendemain, il est sûrement allé boire un verre chez « Carlo ».

J'ai dit qu'il était sévère. Il était craint tant à la maison que dans le village. Ses coups de gueule étaient connus. Je me souviens d'une course autour de la ferme, un trident à la main, poursuivant Basile « le commis » qui avait dû faire une bêtise. De la même manière, il avait éjecté du pré de Raclaz, Melle Gay, qui venait lui demander (c'était une des charges du bail) de l'emmener promener sur la voiture à cheval, alors que l'orage menaçait et que le foin devait être rentré au plus vite.

Il avait aussi des principes. D'abord, comme maman, une idée très rigoureuse de notre éducation. Malgré nos moyens limités, il fallait toujours être propre. Ensuite la politesse : dire bonjour aux personnes venant à la maison ou que l'on croisait dans le village. Et puis le respect de Mr le curé et de l'instituteur... Une brutale taloche pouvait sanctionner le moindre manquement. Un jour j'étais interrogé par l'instituteur Mr Millet. Comme je savais mal ma leçon, l'instit m'a appelé au bureau, fait asseoir à sa place et comme je continuais d'ânonner il m'a saisi par la nuque et frappé le visage sur le bureau. Le sang a giclé de mon nez écrasé et je suis rentré à la maison le visage maculé. En m'apercevant, la première réaction de papa fut de m'expédier une bonne paire de gifles. Ensuite seulement il m'a demandé des explications, a pris son vélo et s'en alla demander des excuses à l'instituteur. Une autre fois, au nouvel an, avec mon cousin Roland, nous faisions le tour des voisins pour leur souhaiter la bonne année et recueillir quelques friandises. La Franchette était absente, il n'y avait que sa sœur Célestine, impotente, assise sur une chaise. Après l'avoir embrassée présenté nos vœux et mangé les deux sucres qu'elle nous avait donnés, nous avons reculé jusqu'à la porte et avant de sortir, nous nous sommes copieusement moqués de la vieille, par une chanson où il était question de « titine » et toutes sortes de quolibets. Célestine râlait dans son coin mais ne pouvait bouger. Seulement voilà : La Franchette est venue voir papa quelques heures plus tard !... Oh ! là... là... la dérouillée, avant d'être pris par les oreilles Roland et moi, et menés manu militari faire nos excuses à genoux devant Célestine et promettre de ne jamais recommencer.

Principes aussi sur certains sujets de société. En particulier sur les allocations familiales qui venaient d'être instituées. Nous étions quatre enfants et une aide aux parents aurait été la bienvenue. Seulement voilà, pour papa il n'était pas question d'en faire seulement la demande. C'eût été une aumône qu'il ne pouvait accepter. Une discussion houleuse sur le sujet avait eu lieu à la maison avec quelques personnes présentes. Il avait eu des mots très durs pour un chef de famille du village, père de six enfants, qui « touchait les allocations ». Pour lui, c'était un moins que rien. Si l'on faisait des enfants, on se devait de les élever soi-même, sans demander l'aide d'autrui.

Mais si le travail, la dureté de la vie étaient le lot quotidien, il y avait parfois quelques loisirs ou distractions. De temps en temps heureusement, une plaisanterie ou un bon mot avec l'un ou avec l'autre. Il y avait aussi en hiver les soirées « gremaille » où l'on cassait et décortiquait les noix avec les voisins et les amis en buvant du cidre doux. Nous jouions quelques fois aux cartes. Papa nous appris à jouer à la « bourre ». Mais son vrai plaisir je crois, était d'aller au Reposoir, son village natal ; ça ne m'est pas arrivé souvent de l'accompagner mais c'était à chaque fois, mémorable.

A la gare de Cluses, l'oncle François (celui qui avait une jambe de bois) nous attendait avec la voiture à cheval. Première étape : Ponthiord, chez Emile et Suzanne, tous deux de formidables bons vivants. Ensuite Scionzier, chez Fred, qui attendait devant la porte assis sur son banc. On s'arrêtait un peu plus loin chez Honoré, puis chez l'Albertine, avant de commencer la montée vers le Reposoir. Il fallait bien sûr s'arrêter aux Neyrolles, puis aux « Mouilles d'en bas » et au café du village. C'était enfin la montée vers le col de la Colombière. Arrêt à la Balmette chez Edmond. Arrivée enfin à Malatrait « chez le mort », le chalet de l'oncle, où nous attendaient Jean, Hypolytte et la tante Alexandrine. La jument (ou la cavale) finissait bien souvent le trajet sans l'aide du cocher... Mais c'était magnifique, par la vue sur la vallée, le Carmel et les montagnes, mais aussi par l'accueil des gens que nous rencontrions, qui reconnaissaient « Théo » et surtout par la motte de beurre sortie de la Barotte, le miel, la tomme, le jambon décroché de la grande hotte de la cheminée, le tout déposé sur la table par la tante, avec un gros pain. Je crois que papa était heureux de vivre ces moments-là. Moi j'adorais.

Tout ceci se passait sur fond de guerre. Les allemands occupaient Vulbens, la ligne de démarcation traversait le village, ne faisant qu'augmenter les difficultés d'exploitation de la ferme quand il fallait faire le détour par Valleiry et Bloux pour se rendre ou revenir des prés de Raclaz. J'ai peu de souvenirs de l'activité de papa sur ce plan là. Il y avait quelquefois comme un remue-ménage feutré, très tard dans la soirée mais je devais me tenir coi dans mon lit. Etait-ce le passage de quelques clandestins vers la Suisse toute proche ? Un soir encore, il faisait très sombre et je traversais le village en lui donnant la main, lorsque nous avons entendu le bruit de bottes d'une patrouille qui approchait. Papa m'a entraîné vers le bassin lavoir devant chez la « Thérèse ». Il m'a pratiquement jeté par-dessus le mur bordant la route, a escaladé lui-même ce mur montant sur le bourneau du bassin et s'est aplati dans l'herbe du pré à Sappey en attendant que la patrouille passe. Puis nous sommes rentrés à travers le champ sans faire de bruit. Je n'ai jamais eu d'explications.

Il y eut aussi cet allemand, attrapé dans le champ par Papa et Francis Bozon, alors qu'il se sauvait vers la Suisse lors de la débâcle. Seigneur, la correction que cet homme a reçue, j'ai pensé plus tard qu'ils tentaient de lui faire payer les misères de l'occupation.

Mais à l'inverse il y eut le cas du prisonnier allemand qui était commis à la ferme en tant que le P.G. Nous en avons eu deux - Hans et Eric - Papa devait fermer chaque soir leur chambre quand ils allaient dormir. Mesure dérisoire compte tenu de l'isolement de cette chambre. Un matin, deux draps avaient été noués et ont servi de corde pour descendre par la fenêtre. Il n'y avait la hauteur que d'un étage. Hans et Eric (je ne sais plus lequel) s'était fait la belle. Bizarrement, papa a attendu un jour avant d'en faire la déclaration et n'a jamais cherché à le rattraper. Je suis persuadé que la guerre étant finie, les gens, pauvres prisonniers devaient rentrer chez eux comme nous attendions le retour des nôtres. C'est certainement ce qu'il pensait.

Et puis les années passant, s'est posée la question de l'avenir de la ferme. Louis n'était plus là, Eliane à la Maison Familiale, Pierre encore trop jeune. J'ai toujours eu envie de travailler le bois. A la ferme, j'aimais les chevaux mais pas les autres travaux, surtout pas les soins aux vaches. Un jour papa m'a posé la question : que veux-tu faire plus tard ? La réponse fut immédiate : menuisier. Cette réponse il la connaissait mais j'ai compris à sa mine, sa déception d'en avoir la confirmation. Ce fut un peu difficile, il avait mis sur moi son espoir de le soulager d'abord, de reprendre son flambeau ensuite. J'argumentais que nous n'étions pas propriétaires, que nous n'avions pas encore de tracteur, etc. Il fallut l'intervention (de Mr Reyrolle, l'instituteur qui promit et obtint une bourse) pour que je puisse intégrer le collège Technique.

Ses espoirs se seraient volontiers reportés sur « le petit », mais déjà Pierre annonçait ne pas vouloir travailler la terre. Alors nous l'avons convaincu d'arrêter cette vie de forçat. Il a compris qu'il n'aurait jamais les moyens matériels d'être au niveau des nouvelles exigences qui s'annonçaient et il a accepté « chez Chauvin » à Faramaz. Il devait y prendre sa retraite, être enfin chez lui, avec seulement deux ou trois vaches, un grand jardin et une basse-cour. Nous avions tous promis de l'aider, l'achat eu lieu au tout début de 1953 et il devait s'y retirer avec maman un ou deux ans plus tard.

Cette même année 1953, je m'étais embauché chez Sublet à St Julien. Un jour de décembre, papa est venu en courses à St Julien et à midi, nous avons déjeuné ensemble au restaurant où je prenais pension. Il était content de me voir exercer mon métier et il faisait quelques petits projets d'aménagement pour sa maison de Faramaz. Ce fut la seule fois où nous prîmes un repas ensemble au restaurant. Le surlendemain, trés tôt le matin, le père Sublet venait me réveiller pour m'annoncer la terrible nouvelle : papa était mort, d'un coup, la veille au soir, d'une attaque cérébrale. Ce fut le premier coup de massue de ma vie.

Alors je suis retourné à la ferme jusqu'en mars 1955, où j'ai fait de mon mieux avec Henri « le commis » pour continuer son travail, répéter ses gestes, assurer tous les travaux de la ferme jusqu'à la rupture du bail et la liquidation des bêtes et du matériel.

Ce fut sans doute une période terrible difficile pour maman, qui a assuré le rôle de chef de famille sans faiblir. Elle a su toujours prendre les bonnes décisions et nous diriger. Souvent elle me répétait, ton père aurait fait ceci ou ton père aurait dit cela. Elle s'en est sortie plus qu'honorablement.

Maintenant encore, quand je pense à eux, il me semble ne pas avoir été assez à leur écoute, ne pas les avoir assez aidés. J'avais encore tant d'heures à passer avec mon papa, tant de choses à lui demander comme à lui dire. A maman, je veux simplement dire « merci ».

Marcel

Christine, la fille aînée de mon frère Marcel s'adresse, en quelques lignes à sa grand-mère Jeanne dont elle a été proche, très proche.

Quelques phrases, des souvenirs, une profonde émotion, une vraie vérité simple... on comprend.

A ma mémé Jeanne,

Comment raconter toute l'histoire de notre famille, sans m'adresser à toi, rien qu'à toi, et t'inviter à me rejoindre...

Et soudain, ces larmes qui jaillissent, pas des larmes de chagrin, mais des larmes de reconnaissance, des larmes qui disent tout ce que Marc et moi te devons, des larmes qui attisent l'autre souffrance, l'autre absence, profonde, insondable, ces larmes qui disent c'était Toi, parce que pas Elle, Toi destinée à n'être que grand-mère et redevenue maman, Toi qui étais la rectitude et le devoir, Toi qui as été mon mur des lamentations quand j'avais mal partout, au cœur et à l'âme, qui m'as aidée à charrier tant de chagrins et de trop fortes émotions, Toi Jeanne et Jeanine incarnée dans une même femme, donnant de l'amour sans que jamais on ne le nomme, intransigeante quand il fallait, mais avec cette certitude des choses qui se font et de celles qui ne se font pas, ces choses qui font qu'aujourd'hui encore, je m'entends penser : « Hou la, si la mémé était là...»

Petite, j'ai certainement moins souffert grâce à Toi. Adolescente, tu m'as appris la valeur des choses vraies. Devenue adulte, tu m'as terriblement manquée.

Coup du sort encore, tu es partie au moment de la naissance de Fiona... bonheur intime que j'aurais voulu pouvoir partager avec toi... transmission symbolique du souffle de vie qui t'abandonnait au moment où il renaissait à travers le petit être que je portais...

Elle te connaît pas, mais elle sait la part de Toi qui m'accompagne et c'est souvent elle maintenant, instruite de notre passé commun, qui m'apostrophe parfois d'un : « Si la mémé te voyait »

Tu es encore si souvent au cœur de tant de mes instants de vie. Pour cela, et tant d'autres choses, merci ma petite mémé.

Ch.

Eliane, plus jeune que moi de deux années, seule fille de la famille, la petite « protégée » par notre père ; c'était au moins le sentiment que nous avions, nous, les garçons. Nous lui sommes gré d'avoir eu le courage et le mérite d'accueillir Jeanne, notre mère, chez elle et Guy, à Neydens, dans sa dernière année de vie.

Aujourd'hui, elle porte ainsi le témoignage de son enfance à la ferme :

J'ai le souvenir que tous les soirs, qu'il fasse beau ou mauvais temps, été comme hiver, nous devions porter le lait à notre propriétaire Melle Gay à la Fontaine. Cela faisait une petite trotte et c'était rare que nous échappions à des reproches de sa part, concernant nos parents et nous-mêmes. Notre mère se sentait humiliée quand nous lui rapportions ces propos. Elle gardait un silence triste et, surtout ne disait rien à notre père il aurait fait un scandale. Je me souviens aussi « du Papa », c'est ainsi que nous disions lorsqu'il revenait de la grande messe du dimanche. Je le revois monter la cour, avec ses habits du dimanche et sa petite cravate.

Et puis, quand il chantait le soir pour endormir Pierre, le petit frère, c'était « La Madelon », « Auprès de ma blonde » ou « Le petit navire » qui revenaient immanquablement. Quand il m'emmenait en vacances au Reposoir chez notre tante Alexandrine, sa sœur aînée, nous prenions le train de Valleiry-Cluses. A Annemasse, il prenait le temps en gare d'aller saluer ses vieux copains de guerre d'Allemagne. De Cluses ensuite, nous montions à pied jusqu'au Reposoir avec un arrêt à Scionzier, chez un autre ami, Henri Pernet. Ensuite nous grimpions à travers bois, pour faire plus court, jusqu'au village et de là, jusqu'à « Malatrait », « La Touvière » ou « Aufférant ». Suivant l'année et les saisons, en effet, la famille Tardy, notre oncle, le mari de la tante Alexandrine s'appelait François Tardy, se déplaçait d'un alpage à l'autre...

A la ferme, à Vulbens, dans la cuisine où nous mangions, le Papa était en bout de table, la maman à côté de lui... Quand à nous quatre, autour de la table, la règle était de « se tenir bien ». On devait « s'aider » comme nous disions, en allant chercher de l'eau, en rentrant du bois, par exemple. Les garçons devaient balayer la cour le samedi, moi je devais cirer les chaussures assise sur la pierre, devant la porte...

L'été au moment des foins, quand les hommes foinaient à Raclaz, il fallait leur porter le panier du repas que maman avait préparé. Il fallait se dépêcher – Raclaz est environ à 2,5 kms de la ferme - surtout en période scolaire ; nous passions alors à travers champs depuis la Molassière, sous les vignes, la Fontaine jusqu'au ruisseau que l'on traversait « sur la pierre », puis chez Grenady et derrière le pré Raclaz... Quelquefois, on mangeait avec les hommes et puis après une rapide vaisselle au bassin, il fallait redescendre en vitesse.

Notre père était gentil mais sévère, nous n'avions pas intérêt à lui manquer de respect ; il faisait tout ce qu'il pouvait avec notre maman bien sûr pour que nous soyons le plus heureux possible tous ensemble. Quelquefois le dimanche à la bonne saison nous avions la joie de faire des sorties en char à banc avec notre cheval « Marquis », jusqu'à Epagny. L'hiver c'était le soir, le temps des gremailles des noix à la veillée; les filles Bétemps venaient nous aider avec leurs cousines Pernet et aussi notre cousine Marie, la fille de notre tante Alexandrine. C'était vraiment le bon temps, pour nous en tous cas.

Hélas, à partir des années 50, notre père se sentant fatigué et le bail de la ferme devant expirer en 1955, nos parents eurent l'occasion d'acheter une maison à Faramaz, un hameau de Vulbens. Notre père malheureusement n'eut pas l'occasion de l'habiter et notre mère eut beaucoup de peine à faire face aux charges qu'elle représentait. Elle dût la vendre, partir, et travailler en usine.

Puis, de longues années plus tard en 1988, nous l'avons prise chez nous à Neydens, où elle est morte l'année suivante.

Eliane

Joël, le fils aîné d'Eliane a vécu plusieurs années chez Jeanne, sa grand-mère, à Cluses, où il avait son premier emploi. Il a souhaité évoquer le souvenir de sa « mémé ».

Le soir en soupant tous les deux, nous avions de longues discussions sur la politique. Elle était anti-Mitterrand et moi aussi, d'où notre entente sur le sujet qui pouvait durer des heures. On refaisait le monde tous les deux à nos idées...

Le lundi matin, on rentrait à Cluses après un week-end passé à Neydens chez les parents. A l'époque je roulais très vite et j'avais une voiture très puissante. Je me souviens qu'un lundi plus particulièrement, j'avais comme d'habitude sanglé mémé sur le siège passager et on était parti sur les chapeaux de roue. A Bonneville, dans la grande ligne droite, on a fait une course folle avec une B.M.V ; aucune des deux ne voulait lâcher jusqu'au dernier virage ; enfin nous avons passé devant à une vitesse folle, j'avais jeté un œil à mémé juste avant, elle fixait la route comme d'habitude sans un mot. Arrivés à Cluses, je l'ai détachée, nous sommes rentrés à l'appartement, elle ne m'a jamais fait aucune allusion ni le moindre reproche pour ma conduite très dangereuse. Elle était trop gentille pour m'en vouloir ; c'était ma mémé.

Je me souviens aussi des journées complètes dans le noir absolu dans sa chambre, ou elle ne pouvait bouger, clouée au lit par de terribles migraines. « Elle ne se plaignait pas ».

Aux repas à l'aumônerie, elle avait pris sous son aile un jeune Abbé (Amédée). Il mangeait avec nous à la cuisine, à cause de son handicap, il était souvent pris à partie par les autres prêtres. C'est la raison pour laquelle, il était en quelque sorte le protégé de mémé. C'était une sainte, ma mémé. Merci pour tout, mémé.

Joël

A mon tour de laisser tomber quelques gouttes de mémoires puisées aux creux de ces années de jeunesse.

La ferme, le village... Et nous

La ferme était située à l'extrémité ouest du village de Vulbens, en direction de Chevrier, au pied de cette agréable petite montagne qu'est le Vuache. A l'autre extrémité du chef lieu, l'école communale et la mairie cohabitaient dans l'une de ces imposantes bâtisses datant des années 20 dont chaque commune bénéficiait. Nous allions à l'école à pied, bien sûr, matin et après midi, en traversant le chef lieu d'un bout à l'autre. Ces quelques quatre cents mètres effectués quatre fois par jour présentaient l'avantage de nous permettre de découvrir et connaître les habitants dans leur profession comme dans leur comportement quotidien.

La découverte des métiers, comme ceux de boulanger, commerçant, mécanicien, douanier, cafetier, menuisier, forgeron, scieur, fruitier s'est faite naturellement en les regardant travailler dans leur atelier, leur magasin, leur chantier, leur bistrot, leur four, leur forge... Cet apprentissage dans le contexte se doublait d'une insertion dans la vie sociale grâce aux relations quotidiennes qu'entretenaient naturellement les écoliers avec les adultes du village, relations qui traduisaient à l'évidence pour tous un vivre ensemble relativement serein.

Jeanne et Théo étaient très attentifs à notre comportement. La politesse, le respect des règles, étaient à la base de notre éducation. Tout manquement avéré était sanctionné avec fermeté. Le village tout entier d'ailleurs était un milieu d'éducation au sens où – contrairement à aujourd'hui - les adultes se sentaient en responsabilité de l'éducation des enfants du village et le fait qu'ils partagent les mêmes valeurs facilitaient les choses.

Il n'était pas rare en effet qu'un adulte, surprenant un adolescent faire une grosse bêtise, non seulement le sermonne, mais lui tire les oreilles par exemple.

Le cas du forgeron que nous appelions « le Maréchal » est d'ailleurs un exemple du genre. La forge était un lieu d'attraction : cet antre un peu mystérieux, avec ses énormes foyers au feu attisé par un gigantesque soufflet bruyant, résonnait en permanence des coups du marteau répétés de ce forgeron, impressionnant par son visage noirci et par sa voix rocailleuse qui sortait de l'ombre... Pourtant c'était le lieu de rendez-vous quotidien des écoliers garçons. Nous

nous approchions aussi près que possible de l'enclume où le marteau frappait le fer en fusion, qui explosait en étincelles. Parfois le marteau s'arrêtait soudainement ; c'était mauvais signe. D'une voix forte, roulant les R, le Maréchal apostrophait l'un d'entre nous, le marteau rivé à sa main droite : « La politesse, messieurs, c'est la première dame de France, Jean Courtois, est-ce que tu sais ça ? Ce matin tu n'as pas été correct avec monsieur le Curé, j'vais te faire passer l'envie de te foutre du monde et t'apprendre, moi la politesse. Je te signale que ta mère sait déjà tout et que tu vas l'entendre en rentrant. Mais ce n'est pas tout, si tu recommences une seule fois, je te mets au soufflet pendant deux heures et après je te jette dehors, compris ? » Courtois ne répondait pas, il restait pétrifié, et nous tous étions également muets et impressionnés devant ce géant noir, chacun se promettant d'être sage intérieurement.

Tout se disait, tout se savait dans le village et toutes les nouvelles arrivaient à la forge, chacun sachant l'influence qu'exerçait le Maréchal sur les enfants. Théo et Maréchal étaient amis, de plus Théo était l'un de ces bons clients, avec ses deux chevaux qu'il lui donnait à ferrer régulièrement. Il y avait une sorte de complicité entre eux, et plus largement entre les hommes du village pour que l'éducation se fasse ainsi partagée par tous, chacun son rôle. Deux autres personnages du village partageaient cette démarche d'éducation collective : Monsieur le Curé Dunoyer, un homme âgé, rigoureux et sévère et Monsieur Reynolle le Directeur de l'Ecole, sévère lui aussi, laïc profondément tolérant et respecté de tous...

La qualité de la société de cette époque, c'était sans aucun doute qu'une solidarité de fait traversait les actes importants de la vie sociale comme l'éducation des enfants, les grands travaux de la ferme comme le battage du blé, l'utilisation des machines agricoles, etc. Et puis il y a toujours eu une animation dans cette société et des « animateurs » ; il y a toujours eu des hommes, des femmes qui investis d'une fonction formelle s'imposaient comme responsables...

Aujourd'hui, la société des individus qui s'est construite fonctionne essentiellement sur l'esprit de compétition, de rivalité d'intérêts particuliers où prévalent les critères de force, de mérite, de performance, de compétition... La cohabitation, parfois difficile, s'est substituée à la coopération.

Servitudes

L'une des nombreuses servitudes que prévoyait le fait de fermage était l'obligation faite à Théo et à Jeanne d'apporter à domicile de la propriétaire Mademoiselle Gay, un litre ¼ de lait frais entre 19 et 20 heures chaque soir. Elle habitait le hameau de La Fontaine, situé à quelques deux kilomètres de la ferme, dans une grande maison bourgeoise dont le grand jardin était entouré d'un haut mur et le pré adjacent d'une barrière de fer forgé. Cette contrainte quotidienne se révélait être à certains moments une véritable corvée. En hiver par la route enneigée, à l'automne en temps de pluie, au moment des foins ou les moissons, alors que les journées étaient longues et pénibles il fallait, après la traite du soir faire à pied ou à bicyclette les 4 kilomètres et accepter d'écouter les leçons incontournables de Madame la Propriétaire. C'est à nous les enfants que revenait la charge de cette corvée quotidienne, et personnellement étant l'aîné des quatre enfants, j'en ai fait ma part !

Dieu sait si nous en avons entendu des conseils, des recommandations, des remontrances aussi qui affectaient d'ailleurs profondément notre mère. Elle appréciait peu que « la Demoiselle », comme nous disions, s'autorise sans réserve à relever ce qu'elle considérait comme des insuffisances dans la transmission des bonnes manières. L'air condescendant et doctoral que prenait Melle Gay en parlant de notre éducation l'ulcérait sans pour autant qu'elle s'en plaigne auprès de Théo pour éviter un affrontement inévitable entre lui et la propriétaire. En réalité, cette servitude matérielle - le portage du lait - se doublait de cette autre contrainte plus lourde sans doute que constituait le discours moralisateur d'une bourgeoise égoïste et autoritaire qui n'hésitait pas à piétiner l'honneur de ceux qui géraient son bien.

Malgré cela, malgré tout, la vie était bonne à la ferme, Jeanne et Théo rêvèrent pour chacun de nous la vie moins dure que la leur ; ils rêvèrent aussi d'échapper eux-mêmes un jour à cette vie de fermage et à se sentir libres, je veux dire libérés de ces rapports d'autorité et de dépendance difficiles à vivre durablement.

Deux voyages avec mon père

J'ai fait deux voyages avec Théo, mon père: l'un en 1942, l'autre en 1951.

Le 3 septembre 1942, je quittais pour la première fois la maison, mes parents, mes frères et sœurs, pour entrer à l'internat du Petit Séminaire de Thonon les Bains. C'est mon père qui, ce jour-là, m'accompagna jusqu'à cette école, dans laquelle j'allais rester huit ans. Ce matin-là, mon père attela Marquis, le cheval préféré, au « char à banc » sur lequel était chargée la malle étiquetée à mon nom et qui contenait toutes mes affaires. Ma mère Jeanne, prit les rênes, j'étais assis entre les deux... Et nous partîmes au trot jusqu'à la gare de Valleiry. Ma mère, après moult recommandations, repartit avec Marquis vers la ferme. Mon père et moi avons pris le train jusqu'à Annemasse, où nous devions changer pour rejoindre Thonon dans l'après-midi.

En gare d'Annemasse, nous mangions notre casse-croûte assis sur un banc, quand tout à coup, rompant le silence, mon père me dit : « Tu vois le type là-bas sur l'autre quai, je le reconnais, il s'appelle Dallemagne ; il a fait la guerre avec moi. »

Il cria « Dallemagne ». L'homme le regarda et cria à son tour « Futy ». Il traversa les quais et arriva. Surpris, souriants et émus, Dallemagne et Théo se serrèrent longuement les mains. Ils s'assirent et refirent leur histoire commune, ponctuée de «Tu te souviens ? », « Je ne sais pas. », « Il est mort. », de silence, de rires aussi... Le train de Thonon les sépara. Mon père revint à la réalité du moment, Dallemagne, parait-il, vient ensuite régulièrement à la maison. Je le revis, moi, une fois, vingt deux ans plus tard à l'enterrement de son ami Théo, à Vulbens.

A Thonon, au Petit Séminaire, après les formalités d'inscription et l'entretien de rigueur auprès du Supérieur, il m'encouragea à bien travailler, me dit que je devais être « un bon garçon ». Il m'embrassa et partit. J'aurais voulu qu'il ne parte pas, qu'il me parle encore, ce père qui ne parlait pas.

Le deuxième voyage date de l'automne 1951.

J'effectuais alors mon service militaire en Autriche, et je bénéficiais de quelques jours de permission. C'était une joie de retrouver toute la famille à la ferme.

Un soir, mon père me dit : « Demain je vais à Toisinges à côté de Bonneville, chez mon cousin Cyrille. Je vais voir une ferme ; ici, ça devient lourd. Viens avec moi. »

J'étais content de l'accompagner. Nous partîmes. Nous rencontrâmes le cousin Cyrille et sa famille. Ils parlèrent de cette petite ferme à reprendre... En patois. Apparemment, ça ne le satisfaisait pas... Il me le dit au retour, sans grande

explication. Je compris qu'il hésitait vraiment à changer, une nouvelle fois, de pays, d'environnement, d'habitudes...
J'étais heureux de cette sortie, à deux entre hommes. Je regrette simplement mon manque de préoccupations sur son état d'esprit, sur ses inquiétudes, sur ce qu'il vivait, sur sa santé. Je n'ai pas su l'interroger. Il n'a pas su me dire... Si quelque chose manque à notre construction d'homme, c'est bien l'apprentissage de la parole...

Théo et l'ami sénégalais

Dans l'automne 1943, j'étais interne au Petit Séminaire de Thonon. Mon père accompagné de trois de ses amis du village, pères de trois camarades internes comme moi, viennent nous rendre visite à Thonon un jour de sortie trimestrielle. C'était pour eux une escapade agréable. Ces pères quadragénaires avaient des mines réjouies qu'on leur connaissait peu.

Nous étions tous dans le hall de la gare quand entra un homme, noir, les bras chargés de divers objets à vendre. Il vint vers nous et invita les pères à lui acheter ses produits.
« Allez, laisse-nous tranquilles » lui lança l'un des camarades de mon père, « Retourne chez toi. »
Mon père prit le bras de l'homme et lui demanda s'il était Sénégalais.
— Moi, Sénégalais, oui, moi, Sénégalais, répondit le jeune homme.
— Alors toi, mon ami, dit mon père, avec un sourire et une tape sur l'épaule.
L'homme s'éloigna, rassuré.
— Vous savez, dit Théo en rejoignant le groupe, faut pas oublier que les Sénégalais, c'étaient de sacrés soldats.

Théo et Pétain

En 1943 encore, le Maréchal Pétain choisit de venir à Annecy, dans son tour de France orchestré de façon spectaculaire. De nombreux savoyards se sont pressés sur son parcours, comme partout d'ailleurs. L'un des amis de mon père, petit commerçant du village, vint l'inviter à se joindre au groupe qui se rendait à Annecy. Il fut assez froidement reçu et repartit, dépité, devant son refus catégorique de cette interpellation : « Tu diras au maréchal que tant que la guerre n'est pas finie, on se bat au lieu de faire la foire. »
Ma mère m'a rapporté ces propos en 1984, à Belfort, alors que nous visitions le fameux Lion de Bartoldi, symbole de la résistance à l'Allemagne. Elle avait craint alors pour mon père, dans cette période trouble des années 40, où l'on ne pouvait pas se permettre de ne pas être complaisant avec l'autorité...

Théo et la politique

Théo aimait la politique. Il lisait beaucoup, écoutait clandestinement la BBC « Ici Londres, les Français parlent aux Français. » Il s'était d'ailleurs procuré un poste de TSF de la marque Hermes que lui seul manipulait. Son éducation chrétienne, sa culture traditionnelle, le conduisaient naturellement, à partir de 1945, à être proche du MRP (Mouvement Républicain Populaire). C'était en quelque sorte, le parti des socio-chrétiens (centre gauche). Il votait donc pour les candidats MRP. Cependant, en 1946, pour faire échec aux communistes, il vota socialiste. Lorsque ma mère me parla de ces élections, lors de l'une de ses visites à Thonon cette année là, j'aurais aimé que ce soit mon père qui m'explique ses prises de positions. Ma mère se contenta de ce commentaire : « Il a voté pour quelqu'un de bien. »

Jeanne et ses 29 ans

L'une des maisons voisines de la ferme était celle de la famille Janin. Madame Janin s'appelait Marie et sa fille Joséphine, dite « Fifine ». La Fifine, comme nous disions donc (elle devait avoir environ 18 ans vers 1935), venait parfois me chercher pour m'emmener chez elle.
Un jour que j'étais chez Janin précisément (j'avais 5 ans), je me souviens que la « Fifine » me dit : « Ta maman est toute jeune. Elle a vingt neuf ans. »
Bien qu'à l'époque, je n'ai aucune idée de ce que pouvait représenter ce chiffre, la notion d'âge m'étant relativement étrangère, ce chiffre 29 s'est néanmoins fixé dans ma mémoire. Je me souviens d'ailleurs que, de retour à la maison ce même jour, j'avais hâte de revoir ma mère pour tenter de découvrir sur son visage ce que signifiait ce chiffre 29. Je la vis. Je la regardais, je la vois encore : elle était près du fourneau, habillée de noir, elle avait un beau visage souriant éclairé d'un regard gris clair et couronné de cheveux noirs noués à l'arrière dans un chignon qui a toujours été un mystère de confection.
Pour moi, 29, c'est l'âge de ma mère, un jour, il y a longtemps, belle, dans sa cuisine.

Mussolini et son fouet

Avant la guerre de 1939, à la ferme, mes parents lisaient « le Pèlerin » qu'ils achetaient à l'église le dimanche matin.
J'aimais bien cet hebdomadaire pour deux raisons :

– L'avant première page présentait, en bande dessinée, l'histoire de « Patapouf » détective.

– Sur la page arrière de couverture, un grand dessin traduisait l'actualité du moment. Une semaine, le dessin représentait une grande botte très élargie vers le haut. Sur la

botte, en son milieu, une sorte d'ogre, en tenue militaire noire, avec un large visage grimaçant et aux mâchoires saillantes, tenait dans sa main droite un fouet qui frappait une rangée interminable d'hommes et de femmes qui se pressaient les uns contre les autres en file indienne, comme terrorisés. Au dessous une inscription : « Avanti ». J'en demandais la signification à mon père. « C'est l'Italie et Mussolini, le chef, qui frappe les Italiens. Mussolini, c'est lui qui commande l'Italie ; c'est un sale type qui veut que tous les Italiens obéissent, travaillent et se taisent. Ça s'appelle une dictature... »
Peu après, j'ai compris plus facilement ce qu'était et ce que l'on appelait le fascisme.

Jeanne et ces dames « de la Haute », le supérieur, Mitterrand, Giscard et Monsieur Reyrolles.

Jeanne, notre mère a été toute sa vie, je crois bousculée, entre un sentiment spontané d'injustice, d'agression, quand elle se trouvait dans des situations de pression, d'oppression, de discrimination à son égard et une attitude et un comportement de docilité, de résignation. Cela se vérifiait face à l'attitude autoritaire de Melle Gay, face peut être à ses patrons suisses, mais j'ai un autre exemple tout à fait démonstratif de cette pression morale, sans doute, difficile à vivre.

En 1942, on m'a donc envoyé en internat au Petit Séminaire de Thonon les Bains. A chaque rentrée, en septembre, le Supérieur, le Chamoine Marcel Bernard, recevait les parents, au moins les 2 ou 3 premières années, pour leur communiquer son sentiment sur leur garçon. Cette rencontre était très éprouvante pour nos parents, nos mères généralement. Le Charmoine Bernard était un personnage important conservateur autoritaire, sans grande sensibilité, peu attentif aux différences sociales des élèves. Le jour de la rentrée, nos mères attendaient dans un couloir étroit timidement éclairé où le bruit des pas était étouffé par un épais tapis. Elles attendaient que la première porte de gauche s'ouvre et que le Supérieur les fasse entrer tour à tour dans cet immense bureau qui nous faisait peur. Deux groupes de mères se constituaient là, spontanément. Près de la porte, bavardaient ensemble un petit groupe de femmes aux vêtements colorés, bien coiffées, parlant haut, sans avoir apparemment la moindre appréhension dans ce décor feutré. Plus éloignées de la porte, les autres mères s'égrenaient dans le couloir les unes parlant à voix basse deux par deux, d'autres restant silencieuses, adossées au mur. Elles étaient, celles-ci, vêtues de façon plus modeste plus traditionnelle, plus sobre. Elles étaient plus nombreuses aussi, mais plus pondérées, acceptant l'attente longue et pénible avec la discrétion des pauvres.

Nous les enfants nous avions là sous nos yeux, le spectacle d'une discrimination ostensible. Là, l'autorité religieuse accueillait d'abord et avec beaucoup d'égard les femmes de commerçants, d'entrepreneurs, de médecins, d'avocats... et après qu'une longue et pénible attente les eût rendues bien conscientes de leur rang, elle consentait quelques minutes d'entretien avec les femmes de paysans. Certaines venaient de loin ; elles étaient parties très tôt, à pied, prendre le car ou le train, chargées souvent ; elles rentraient tard le soir, fatiguées du voyage, de l'attente, et chargées d'un chagrin intérieur qui ne s'exprime pas, le chagrin des pauvres que l'on fait attendre.

Nous sentions tout cela, nous les enfants de paysans, mais nous trouvions notre revanche en quelque sorte dans les études, dans le sport, dans la bagarre. Dans ces domaines, en effet, les fils de riches ne gagnaient pas toujours, n'étaient pas forcément les meilleurs. Quel plaisir, quelle jouissance alors quand nos résultats étaient meilleurs que les leurs. Quelle joie discrète pour les mamans qui avaient subi l'attente du couloir.

Jeanne sentait tout cela.

Après de longues attentes et le court entretien, elle se contentait de dire : « C'était long quand même, pour le reste ça va. » Pas de révolte, pas de colère, pas même de signe d'exaspération jamais, parce que sa culture, comme celle de beaucoup d'autres, était la culture de la division sociale, du respect du statut, de la résignation du faible, du petit.

Néanmoins, en elle bouillonnait sourdement le flot de l'injustice, plus tard, beaucoup plus tard, libérée de toutes les pressions sociales, morales, psychologiques, matérielles, devenue très ouverte au monde très lucide sur une société de division et de violence, elle réagit dans une lettre de mars 1986, elle écrit par exemple, « J'aurais dû dire à Melle Gay : vous devriez avoir honte de nous humilier et d'avoir votre banc réservé à l'église. Si c'était maintenant, je lui dirais… » Puis en 1987, « j'aimais pas Mitterrand parce que c'était un socialiste mais c'est lui et pas Giscard qui a supprimé la peine de mort. C'est quand même quelque chose, le respect de la vie des hommes, Giscard, pourtant, il allait à la messe… Nous, avant, ceux qui allaient à la messe étaient des gens bien, voilà ce qu'on croyait, c'est pour ça qu'on votait pour eux. C'est pas possible… »

Un jour, dans les années 80, de passage chez elle, nous évoquions la ferme, Thonon, etc. Concernant Thonon, elle me dit : « J'ai réfléchi, tu sais, le Supérieur, il nous faisait attendre dans le couloir… Les autres, les riches elles passaient les premières ; il les gardait longtemps ; on n'avait pas le droit au même temps, au même soin, parce que les pauvres, ça comptait pas pour lui ; tu vois Mr Reyrolles, lui, tout instituteur qu'il était, quand il rencontrait le papa il lui parlait comme il parlait à Marius Fol ou à Georges Gay. » (*)

Il pleut dedans les gouilles et pas dans les déserts
Le pendant naturel de qui beaucoup possède
N'est pas qu'à sa misère un surplus, il concède
Je désire plutôt, et fromage et dessert.

La batteuse, le sauve-qui-peut, la libération

Le 16 Août 1946. Il fait beau, mais l'occupation allemande attriste durablement ces journées d'été. La vie continue pourtant avec ses rites, ses habitudes, etc. C'est le temps de la Batteuse. Elle s'installe dans la cour des fermes jour après jour. Elle mobilise les hommes, elle alourdit le travail des femmes qui doivent prévoir des repas de groupes, elle exalte la frénésie des jeunes qui sont pressés de faire leurs preuves en participant au battage, elle attise la curiosité des petits qui courent d'une ferme à l'autre dans une escorte bruyante.

Ce 16 Août, elle est installée dans la cour de la ferme de la famille Sappey. Mon père m'a demandé d'aller « rendre », selon la coutume qui veut que nous allions les uns chez les autres constituer la main d'œuvre nécessaire - une douzaine d'hommes environ - pour qu'un battage puisse se faire. Il faut savoir que le batteur offre des postes de travail différents, qui sont occupés, traditionnellement, par les mêmes hommes ou par les mêmes tranches d'âge. Il y a des postes nobles ; le batteur, celui par qui tout commence. Il « engraine » le blé dans la gueule de la batteuse dont les dents broient les épis pour en faire sortir le grain. C'est un poste à risque qui demande une

(*) Marius Fol était Géomètre à Vulbens. C'était un homme très respecté. Georges Gay, aviculteur, a été longtemps un Maire très apprécié.

attention constante, du calme et une bonne connaissance de la machine. Il y a ceux qui à côté de lui, sur la machine, lui préparent le blé à engrainer après avoir dégrafé les boisseaux. Ces deux postes sont généralement tenus par des jeunes. Il y a ceux - deux en général - qui sont au grain ou au sac, à l'avant de la machine. Ce sont deux hommes forts qui recueillent le blé dans des sacs accrochés aux tiroirs de sortie du grain, qui les pèsent et les portent ensuite dans la pièce à grain. Il y a ceux qui sont à la batteuse, autrement dit, la machine à presser la paille et à en faire des bottes. Ils sont deux ou trois qui ont pour tâche de prendre les bottes pressées, les porter dans la grange où elles sont empilées jusqu'à en faire des montagnes qui sont un formidable terrain de jeux pour les enfants. Il y a aussi celui qui est à la poussière. C'est une tâche peu reluisante qui consiste à recueillir la poussière de blé, inévitable produit du battage fait de brindilles de pailles et d'épis de blé broyés, de l'amasser dans une énorme serpillière, de se la charger ensuite sur le dos pour la porter parfois sur une distance de 20 ou 30 mètres jusqu'à l'endroit prévu. Ce travail ingrat parce que pénible, inconfortable, était généralement le lot d'un homme de condition modeste, assez peu considéré parce qu'un peu porté sur la bouteille… Curieusement, la division sociale traverse nos sociétés, profondément, durablement, insidieusement ; elle est acceptée, intégrée pour devenir, naturellement, une culture…

Le 16 août 1946. Je suis sur la batteuse. Je sers allègrement le batteur, la machine hurle de l'engrenage en continu du batteur et crache de la poussière des gerbes d'épis broyés. Tout va bien… Tout à coup, on hurle en bas autour de la batteuse. J'entends : « Arrêtez… » Un coup de sifflet fend l'air. La machine s'arrête, on se regarde, on entend une voix dire fermement : « Sauvez-vous, les Allemands arrivent avec des tanks, sauvez-vous ! »

Je me sauve. Arrivé à la maison où l'on m'attend, je vois que l'on se prépare à partir. Notre mère, en regroupant quelques affaires me dit : « On se sauve à la montagne ; ils arrivent. Ils sont à Chevrier, le Papa nous rejoindra plus tard avec les bêtes. Cours chercher la Cécile et Victor. » Cécile Sarrasin et Victor son fils de 4 ou 5 ans sont des voisins. Ils nous rejoignent. Nous partons. Ma mère est chargée de deux sacs, Eliane 11 ans et Marcel 9 ans portent chacun un vêtement, j'ai moi-même, une couverture sur les épaules qui nous sera bien utile car nous dormirons dehors, au lieu dit chez Buloz, sous les châtaigniers. Pas très confortable, mais c'est un soulagement de s'être enfuis devant cette armée allemande qui, à quelque semaines de la défaite, va se déchaîner sur les villages de Chevrier et de Valleiry qu'ils ont détruits et incendiés.

Dans la nuit qui tombe nous voyons avec angoisse l'embrasement de Chevrier, nous entendrons les coups de feux et le ronflement des moteurs... Je ne me rappelle pas avoir eu peur pour nous - Nous étions dans cette montagne bien connue, devenue protectrice - Mais nous étions inquiets pour notre père ce soir-là. Il était resté avec ses chevaux et ses vaches, jusqu'à ce que le risque soit moins évident.

Le lendemain, il nous rejoint avec le troupeau et les jours d'exode commencent et vont se prolonger d'abord, en errance, par étapes, dans la montagne, puis dans le village d'Epagny où vit notamment la famille Brique. Ernest Brique est le mari d'Adèle, la petite sœur de notre mère.

Après cette nuit sous les châtaigniers, nous sommes repartis au petit jour pour aller jusque chez Gaymard, dit « le Bleu », une ferme perdue à l'orée des bois, en direction de Dingy. « On va se faire payer le café chez le Bleu », a décidé notre mère.

Quand nous approchons de la maison, des bruits insolites attirent notre attention. On marche sur le chemin qui longe la forêt. C'est un bruit lourd, cadence mécanique. Il faut se cacher, vite. Nous nous introduisons entre deux longues piles de bois, dans une sorte de boyau d'une cinquantaine de centimètres, nous sommes cachés. C'est l'aube. Tout à coup, dans ce matin frais, nous avons peur ; avant c'était une sorte d'aventure, maintenant c'est la peur. Ma mère ordonne « Taisez-vous, priez », elle serre Pierre contre elle, on se fige tous, serrés les uns contre les autres, dans un silence de plomb. Les bruits des pas grandissent ; c'est une patrouille allemande. Quelques mots à l'accent bien connu claquent à quelques mètres, de l'autre côté du mur de boue. La peur, c'est quelque chose comme un frisson qui vous parcourt le dos, impossible à maîtriser, qui fait mal, qui rend capable d'audace, d'endurance, d'énergie, de courage ; qui épuise aussi... La peur, c'est la gorge sèche et la soif de respirer, librement, calmement.

La patrouille s'est éloignée. On attend encore. On sort. On se tait... Nous n'irons pas chez le Bleu. Nous repartons, vite, en direction d'Epagny, nous nous arrêterons à Olliet, un hameau de Savigny, où des gens accueillants, inquiets pour nous, nous offrirons un café et un morceau de pain.

Plus tard, nous atteindrons Epagny. On nous attend. Tout se sait déjà : l'incendie de Chevrier, de Valleiry, la fusillade de Chevrier ou le Père Chatelain sera tué dans son jardin, la fuite des habitants dans le Vuache, vers la Suisse...

Notre père nous rejoindra avec le troupeau. La peur avait disparu. L'aventure reprenait. Enfin, le 21 août, la nouvelle se répand en même temps que la joie inonde les visages ; les allemands sont partis – La libération s'annonce –Après des combats acharnés, le marquis haut savoyard a réussi à chasser l'occupant et à faire de la Haute Savoie le seul département français qui se libère seul.

Ce jour-là, le 21 août reste un jour magnifique. J'ai vu un père, Théo, devenir subitement un autre homme. Lui, taciturne, austère, sérieux et peu porté à sourire, le voici devenu, d'un coup, à l'annonce de la fuite des Allemands, un autre homme : souriant, chantant, bavard, entreprenant… Le voici qui appelle à une manifestation festive dans le village : on attelle un cheval à un char à plateaux, on recherche un drapeau français, on improvise un parcours, en chantant la Marseillaise… Je le vois encore debout sur le char, au milieu d'un groupe, brandissant le drapeau avec énergie et chantant à tue-tête la Marseillaise et les Allobroges. Image inattendue, presque surréaliste, en tous cas, inoubliable…

L'aventure de l'exode dans la montagne se terminait, ce jour-là, dans l'allégresse ; nous avons, dans les jours suivants, retrouvé la ferme avec bonheur. Celles et ceux qui s'étaient, comme nous, enfuis dans le Vuache ou en Suisse revenaient aussi heureux de se retrouver là chez eux, sans grand dommage. Hélas, ce n'était pas le cas pour la plupart des habitants de Chevrier qui retrouvaient leur village ravagé par le feu et pour beaucoup de ceux de Valleiry qui retrouvaient leur maison en ruines…

Le fermier avant tout

1946. Après la libération, la démocratie reprit son cours. Vint le temps des élections locales ; on souhaitait un peu partout changer les équipes municipales ; les Maires, en exercice depuis 1941, devant leur poste qu'au Régime de Vichy.

Notre père est alors contacté par des jeunes désireux de le voir se présenter avec eux sur une liste municipale.
« On a besoin d'un homme comme vous », vint lui dire un soir à la maison, Pierre Fol, l'un de ces jeunes soucieux d'un renouvellement des responsabilités locales.
« Il nous faut quelqu'un de direct, réfléchi, juste et qui n'ait pas peur de dire les choses… » Théo refuse. Pour une vraie bonne raison d'abord : son travail était trop lourd pour lui permettre une responsabilité extérieure. Pour une deuxième raison plus douteuse : il manquait d'expérience en matière de gestion municipale (ce qui était vrai sans doute, mais peut-être pas suffisant pour se considérer comme incapable de le faire ?)

Mais il me semble qu'une autre raison existait, non exprimée, celle-ci parce que liée à sa nature profonde : Théo était en quelque sorte, un solitaire, quelqu'un qui s'était fabriqué tout seul. Social, hospitalier, altruiste, je crois qu'il avait une sorte d'allergie à toute image publique et qu'il ne se sentait à l'aise, c'est-à-dire compétent, que dans son domaine de gestion : sa ferme.

Dommage…

Jeanne et mes hôtes parisiens

En 1952, à mon retour de Thonon, je n'avais aucune intention de rester à la ferme après mon service militaire, j'étais en recherche d'un chemin à suivre…
Je suis parti pour Paris pour suivre une formation commerciale Olivetti, qui fut d'ailleurs ensuite mon premier employeur.

J'étais seul, je n'avais pas d'argent pour espérer être hébergé à l'hôtel plus de deux ou trois nuits. J'entrepris de prendre contact avec un camarade Jean Boutet, avec lequel j'avais sympathisé lors de mon service militaire en Autriche.

Il m'accueillit chez lui, rue Beaumarchais, il vivait encore chez ses parents. Je fus reçu dans cette famille avec une très grande gentillesse. J'étais un peu confus d'être, en quelque sorte, à leur charge et j'en informais aussitôt ma mère par courrier.

Voici sa réponse : « Remercie ces gens là qui sont des gens bien. Dis leur que je leur envoie un gros poulet par semaine, plumé, vidé, prêt à cuire. Je pense qu'ils seront contents. Et toi, travaille bien. »

De fait, mes hôtes furent très contents du poulet hebdomadaire. Ils remercièrent d'ailleurs chaleureusement ma mère.

Le pragmatisme, l'efficacité, le bon sens de notre mère avaient, une fois de plus, fait merveille…

La ferme, le curé et l'héritage

En fin d'été 1952, j'étais à la ferme où se terminaient les vacances. J'attendais avec beaucoup d'interrogation la rentrée de septembre. Un matin, je reçois une lettre qui m'est adressée par un notaire de Faverges. Ce courrier m'indique que Mademoiselle Marguerite Vincent, l'une des trois tantes de ma mère devenue depuis de longues années gouvernante de l'Abbé Charles Bibollet, curé de Viuz-Faverges, récemment décédée me faisait son héritier. Le notaire m'invitait à venir à son étude prendre connaissance du testament de la défunte, accompagné d'un témoin. Nous sommes tous surpris moi en particulier. Le repas de midi est l'occasion d'imaginer ce que peut-être cet héritage? Un objet, un meuble, de l'argent, un pré, une vigne, un jardin, une partie de la maison d'Epagny ? Ma mère, Jeanne énumère les quelques biens que possédait cette tante, elle-même héritière depuis quelques années de ses sœurs, Alphonsine et Célestine. La discussion autour de la table se termine par cette invitation adressée par Jeanne à Théo :

— Théo, il faut que tu accompagnes Louis chez le notaire. C'est sérieux cette affaire et le curé Bibollet c'est un malin.

— On va y aller, Louis.

Cette discussion de mon père me réjouit parce qu'une « sortie » avec lui était en soi un évènement et parce que dans le cas particulier, c'était un geste rassurant pour moi.

Nous sommes partis pour Faverges et nous nous sommes rendus à l'étude du notaire, qui devant l'autre témoin, le curé Bibollet, nous donna lecture du testament de Tante Marguerite. Elle me fait son légataire universel : un pré, un jardin, une cour, une grange, un peu d'argent... tout y était. L'énumération des biens, qui devenaient ma propriété m'amenait à m'interroger sur ce que mon père en pensait et au fond, je le disais que c'était bien pour lui. J'avais le sentiment qu'il était, autant que moi, le nouveau propriétaire. Ces sentiments furent de courte durée. Le notaire donnait subitement lecture d'un autre document :
« Attendu que Mademoiselle Marguerite, atteinte d'une longue et grave maladie pulmonaire, a été hospitalisée à Faverges puis au centre Hospitalier d'Annecy à deux reprises, nous avons dû procéder à la vente de tous ces biens... Monsieur Bibollet Charles, Curé de Viuz-Faverges, chargé de la gestion de ses biens, ayant procédé à ces opérations... »
« Monsieur Caul-futy, vous restez à ce jour, héritier d'un cadre du Christ, peinture du début du siècle. » Le notaire me remit

un cadre dont l'intérêt artistique n'était pas évident. Mon père m'entraîna vers la porte. Nous partîmes sans un mot.

Dans le car de retour, il n'en dit pas plus, hormis ces quelques mots : « J'ai perdu mon temps...»
A la maison, il expliqua la scène. Ma mère lui dit alors :

— Et tu n'as rien dit ? Il fallait leur dire que ce n'est pas la droiture qui l'étouffe, Bibollet. Je le savais bien.
Théo de contenta de répondre :

— Je n'attendais rien. Je n'ai besoin de rien. Ce que j'ai, c'est ce que j'ai gagné. C'est bien comme ça.
Et l'affaire fut définitivement close.

Théo et les cheminots de Bellegarde

Théo s'intéressait aux évolutions de l'époque. Il lisait beaucoup. Il était particulièrement attentif aux changements dans les campagnes, dans les villes... Beaucoup plus tard, c'était en mai 1953, je partais pour Paris. Il m'accompagna jusqu'à Bellegarde où je devais prendre le train. En gare les cheminots étaient en grève. Je partais avec deux heures de retard pendant lesquelles il m'emmena chez son cousin Fred Dépoisier qui tenait l'hôtel de la Gare. Là, contre l'avis de Fred, il se livra à une défense énergique des cheminots grévistes et des éleveurs de la Région de Bordeaux, qui faisaient la Une des journaux pour leur révolte contre la vie chère. La hausse des prix et l'instabilité de la monnaie ont été en effet à l'origine des grands mouvements de grèves de 1953 dans une République qui cherchait difficilement sa stabilité.

Théo suivait tout cela de très près, en manifestant sa solidarité pour ceux qui se faisaient bousculer par les chambardements des années 50.

1952-1953 Mon journal

De septembre 1952 à décembre 1953, j'ai tenu mon journal ; je notais certains jours, mes impressions de me retrouver replongé dans la famille après plus de huit années d'internat et dix huit mois d'armée.

Ces impressions présentent mon état d'esprit de l'époque, fait d'un mélange curieux de plaisir, de liberté et de bien-être dans un cadre confortable et d'interrogation sur mon nouveau statut que je ressentais comme un peu marginal...
J'avais en effet l'impression d'être un peu en marge, comme quelqu'un « de passage », situé à côté des habitudes, en manque d'insertion...Ce double sentiment m'a d'ailleurs habité longtemps, au-delà même de temps vécu dans la famille.

Mais il est heureux que j'ai tenu ces notes à cette époque d'autant qu'il s'agissait – mais je ne le savais pas alors – des derniers mois de vie de notre père, Théo. Ces notes traduisent un peu le contexte familial, cette année-là ; elles relatent les quelques échanges significatifs que j'ai eus avec mon père, qui font apparaître même sommairement, sa réflexion de citoyen:
Voici par exemple, ce que je notais le 21 mars 1953 :

Mon père est un chaud partisan de l'Europe, comme d'ailleurs, en bloc le M.R.P. (Mouvement Républicain Populaire). C'est vrai que la réconciliation avec l'Allemagne est une bonne chose et que nos deux pays, ensemble peuvent entraîner les autres pays vers une paix durable. Ca serait bien.
Hier j'entendais mon père dire à Jacky le facteur : « Si on ne peux pas revoir ça (la guerre), il faudra bien que la France et l'Allemagne se mettent d'accord une fois pour toutes, et tirent les autres pour travailler ensemble. C'est ça la paix...»
Le 4 avril 1953 le même thème revient : « Mon père se pose des questions sur l'Europe à propos de la CED. C'est la

« Communauté Européenne de Défense », une idée de Pleven (*) pour éviter la réaction allemande. L'Europe aurait une « armée Européenne » avec un commandement européen. Mais les partis ne sont pas d'accord entre eux. Les gaullistes et les communistes sont contre. La moitié des socialistes est pour avec 85% du M.R.P. »

Mon père m'a dit hier soir, en écoutant la TSF : « Tu comprends, ceux qui ont fait la guerre, ceux qui ont été prisonniers ou déportés, ils sont inquiets quand ils voient que l'Allemagne puisse être réarmée, même dans une armée européenne. Si elle n'avait pas été armée en 14 ou 39 elle n'aurait pas voulu faire la guerre»...

Un jour qu'il en parlait avec un ami Eugène Perreard de Chevrier - c'était le 19 mai 1953 - j'ai noté qu'il disait :

— Meyer (**) est tombé. C'est de nouveau la crise. Et puis avec le CED, comme ils ne sont pas d'accord, on a une crise qui peut faire capoter le rapprochement avec les Allemands.

— Moi - c'est Gène qui parle - la CED, je suis contre. Tu ne peux quand même pas que l'on se fasse redominer par les boches pour faire plaisir aux Américains.

— Moi, dit Théo, je ne suis quand même pas totalement contre, parce que l'Allemagne armée, mais placée sous commandement européen, c'est-à-dire sans sa liberté de Manœuvre, seule, ça peut être une garantie pour la contrôler, la placer à l'intérieur d'un groupe ; mais aujourd'hui, je dis NON, parce que c'est encore trop tôt. Encore trois ou quatre ans et alors oui.

Gène s'est énervé un peu:

— Pas trois ans Théo, dix, douze et encore, à condition que les allemands ne fassent plus de conneries !

(*) René Pleven Président du conseil de la IVème République (MRP)
(**)Mme Meyer Président du conseil de la IVème République (MRP)

Le 27 mai 1953, j'écris : « Mon père est fatigué. Ma mère est inquiète. Elle me le dit aujourd'hui, en ajoutant : « C'est pour ça qu'il ne dit rien ou qu'il s'énerve. Il faut le comprendre.»

Le 16 juillet 1953, « C'est mon anniversaire, ma mère me l'a souhaité ce matin. Cette brave mère qui s'efforce de paraître ni inquiète ni fatiguée... et pourtant...»

Le 3 septembre 1953, « Mon père est préoccupé par l'achat de la maison Charvin. Je pense qu'il est à la fois content que cela puisse se faire et un peu angoissé de penser qu'il va quitter la ferme, ses chevaux, ses vaches...» Ce soir il m'a demandé mon livre sur « l'histoire de l'église ». Ce n'est pas la première fois; il aime l'histoire. Il m'a demandé si je savais qui avait créé la chartreuse du Reposoir. Je lui ai dit non. Il m'a répondu : « Saint Jean d'Espagne, un espagnol qui a été le premier prieur » et il a ajouté « au Reposoir, ce sont les moines qui ont créé le village, ouvert le vallon en défrichant la forêt. Ce sont eux qui sont allés créer les montagnes à Alpages, comme La Sallaz, la Touvière, la Boucherie, Aufferant ; ce sont eux qui ont fait le premier chemin vers le col. Ce sont eux qui ont appris aux gens à travailler le lait et à soigner les bêtes. Il y avait même avant la guerre de 14, un moine qu'on allait chercher pour soigner une vache ou une jument malades... » J'ai ajouté sur mon carnet : «C 'est vraiment rare qu'il parle, comme ça, spontanément...»

Ces quelques notes et d'autres encore, sont précieuses mais trop rares en ce qui concerne les propos de Théo d'autant qu'à l'évidence, ils révèlent une certaine culture, un intérêt pour les affaires du monde et une bonne dose de sagesse.

Théo ne saura pas, bien sûr qu'en début de 1954 le projet de la CED sera repoussé par le Gouvernement Mendès-France, qui en même temps met un terme à la guerre d'Indochine et règle le conflit en Tunisie. Il ne saura pas davantage que... la crise qu'il évoquait au mois de mai 1953 a été suivie de beaucoup d'autres jusqu'à l'effondrement, quelques années plus tard, de la IVème République, Eugène Perreard, lui, a connu tout cela, mais l'un et l'autre se seraient sans doute trouvés d'accord pour partager, vingt ou trente années plus tard, la joie d'une Europe pacifiée...

Confidence

Un matin de février 1953 – j'étais rentré définitivement à la maison depuis huit jours après dix années d'internat – j'entendis de ma chambre, Jeanne et Théo en pleine discussion. Ils parlaient de leur situation, du travail accompli, des difficultés rencontrées au fil des ans... Théo conclut ainsi : « Tu vois malgré tout, on peut dire qu'on ne s'en est pas trop mal sortis...» et Jeanne répondit simplement : « C'est vrai.»

A l'époque, ces paroles ne m'interpellèrent pas, je ne leur accordais aucune signification particulière.

Maintenant, j'ai le sentiment que cette sorte de bilan, quelque peu lapidaire mais, relativement positif, exprimé ce matin-là par l'un et l'autre résumait, quelques mois avant que la mort de Théo les sépare, les défis qu'ils avaient dû relever face à cette terre à travailler, à leurs efforts et à leur peine devant cette guerre à subir, cette famille à fonder et à construire. Ce sentiment me réjouit, parce qu'il m'est agréable de penser qu'ils aient pu partager ce dernier bonheur d'une satisfaction commune.

1953, une année terrible parce que c'est l'année où Théo doit mourir. Un soir de décembre, après des mois difficiles, incertains, à partir de l'été, il va en effet disparaître subitement, nous laissant tous dans un profond désarroi.

1953, c'est aussi une année charnière pour moi qui décide en février de changer d'orientation en renonçant au séminaire. Je rentre donc à la maison en pensant à ce père, je me réjouis de l'avoir fait pour l'excellente raison que cela m'a permis de le côtoyer en 10 mois, plus que je n'ai pu le faire en 10 ans, même si les expériences professionnelles que j'ai faites pendant cette période m'éloignaient partiellement de la maison.

Je dois dire, c'est mon intime sentiment, que mon retour à la maison à sans doute été vécu par mes parents comme une sorte d'abandon. La rupture de ce qu'ils vivaient sans doute comme un espoir, voire comme fierté, à été pour eux, une souffrance muette mais réelle. Nous n'avons pas su en parler, hélas. Ni mes parents, ni moi-même, n'avons réussi un jour à en parler, eux sans doute par pudeur et crainte d'avoir à m'interroger, moi par sentiment de culpabilité lié à la pression sociale environnante. Je le regrette d'autant plus que j'avais à gérer seul cette période de transition. Mais je dois dire aussi que leur silence sur mes choix étaient avantageusement compensés par l'attention que ces parents qu'étaient Jeanne et Théo, portaient à ma recherche d'une orientation nouvelle.

Ils m'ont spontanément aidé, encouragé dans toutes mes démarches et dans les pistes de travail explorées successivement. Mon père à contacté un ami d'enfance, à Cluses, Charles Dépollier, pour favoriser un contact avec l'entreprise Dépery. Il a demandé à son cousin Emile Caul-Futy de m'héberger dans sa ferme de Ponthior. Il a tenu à m'accompagner jusqu'à Bellegarde lorsque je suis parti en stage chez Olivetti à Paris... Ma mère Jeanne a accompagné

de sa vigilante inquiétude toutes mes expériences. Elle a su remercier à sa manière, ceux qui m'ont aidé.
L'un et l'autre ont eu toujours, cette confiance discrète, qui aide à se construire librement, qui permet l'émancipation...

Plus tard, Paris, Belfort, Rabat

Au Père Lachaise.

C'était en 1975. Nous habitions Noisy le Grand ma famille et moi depuis 1970. Jeanne est venue nous voir. Nous lui avons proposé d'aller au Père Lachaise, tenter de retrouver la tombe de sa mère, Louise Hoffman, morte à Paris en 1916 et enterrée dans ce cimetière.
Le gardien du cimetière a recherché dans ses registres et nous a donné sa réponse : « Elle a été relevée, Messieurs-Dames. » Il nous en a indiqué l'année et l'itinéraire à suivre pour retrouver la Grande Croix du relèvement au pied de laquelle une fosse commune rassemblait les restes de celles et ceux dont les tombes individuelles n'existaient plus. C'est une ville solennelle que ce cimetière, lieu de repos de certains des plus grands et des meilleurs enfants de la France. Ils côtoient ceux qui n'ont pas de noms, de titres et de notoriétés et qui s'excuseraient presque d'être là. A quelques rues de la Grande Croix, reposent Davoux et Massena, puis l'Abbé Sicard et le Maréchal Ney...

> *« Avis aux amateurs de la gaîté Française,*
> *Le printemps fait neiges, dans le Père Lachaise,*
> *Les fleurs de marronniers sur les arbres muets*
> *Et la fosse commune est pleine de bleuets...»*

Jeanne avait retrouvé sa mère, en quelque sorte. Quelle émotion ! Elle pleura longtemps, doucement, au pied de Grande Croix, comme perdue là dans ce somptueux palais de la mort.

« *Quand les chevaux du temps s'arrêtent à ma porte*
J'hésite un peu toujours à les regarder boire
Puisque c'est de mon sang qu'ils étanchent leur soif
Ils tournent vers ma face un œil compatissant
Pendant que leurs longs traits m'emplissent de faiblesse
Et me laissent si las, si seul et décevant
Qu'une nuit passagère envahit mes paupières
Et qu'il me faut soudain refaire en moi des forces
Pour qu'un jour où viendrait l'attelage assoiffé
Je puisse encore vivre et les désaltérer. »

Jules Supervielle

Plus tard encore.

C'était en 1981. Je travaillais à Belfort. Jeanne m'écrit :
« *Je ne sais pas pour qui voter. C'est difficile. Avec Mitterrand, on ne sait pas ce qui va se passer, même s'il dit des choses bien. Il est socialiste et on ne sait pas trop. Giscard, c'est pas extra, mais on le connaît.* »

On retrouve là, une opinion largement partagée qui s'enracine dans une vision de la société divisée entre « les bons et les mauvais », les bons étant toujours « les gens bien », les « bien pensants », traditionnels, conservateurs, apolitiques, et les mauvais étant toujours ceux dont le discours est souvent dérangeant parce qu'il bouscule l'ordre établi... Bref, je ne doute pas qu'elle ait voté Giscard pour toutes ces raisons.

En 1987, je suis au Maroc. J'y réside avec Henriette. Elle nous écrit : « *... Aux prochaines élections je voterai Mitterrand s'il se représente ou un autre socialiste. Ils nous ont fait peur avec lui* *mais il a bien travaillé... Les autres comme Chirac et autres ne font rien pour les jeunes, pour les ouvriers et puis, ils ne pensent qu'à protéger ceux qui ont de l'argent... Ca suffit, ces gens-là !* »

Elle va voter de fait pour Mitterrand, en 1988. Comme quoi sa réflexion a évolué. Sa vision de la Société est devenue moins simpliste, semble-t-il, en quelques années, aidée en cela, je le pense par ce côté rebelle, qui a toujours fait partie de sa nature, même si, longtemps, la pression sociale n'a pas permis qu'elle s'exprime. Je suis persuadé qu'elle devait se sentir heureuse ces dernières années de pouvoir tenir ces propos de liberté, de résistance, longtemps enfouis au fond d'elle-même.

On n'est déjà plus des paysans.

Un jour de mars de 1982, je viens, de Belfort où je travaille alors, rendre visite à Jeanne, ma mère dans son petit appartement de Cluses. Je passe la journée avec elle en brassant de bons et mauvais souvenirs, de Vulbens, Epany et Le Reposoir... Elle est gaie, heureuse ; elle rêve d'avenir en regrettant que personne ne l'ait encouragée à passer son permis de conduire en 1976, c'est à dire dix huit années plus tôt, à soixante dix ans, alors qu'elle en avait envie. Elle rêve de voyages, Paris, le Père Lachaise... Elle rêve d'une petite maison avec un jardin... Elle rêve d'accueillir des gens chez elle... Mais voilà que l'on sonne ? C'est Emile, un cousin, Emile Caul Futy qui a sa ferme à Ponthior, un hameau de Cluses. Nous sommes, Jeanne et moi, heureux de l'accueillir. Emile est un cousin germain de Théo, bon vivant, plein d'humour, un cousin dont nous sommes très proches. Je dois dire d'ailleurs que ce sont lui et son épouse Suzanne qui m'ont hébergé à Ponthior, lorsque je suis venu travailler de Vulbens à Cluses en 1953. Je leur dois beaucoup, à l'un comme à l'autre et j'ai gardé une affection particulière pour ce couple accueillant et généreux et pour leurs quatre enfants, Marie Thérèse (la Mimie), Joseph, Nicole et Chantal, aujourd'hui, pères et mères de famille. Jeanne questionne Emile sur son travail à la ferme. Emile, après quelques boutades, laisse percer un peu de mélancolie :

— J'en ai un peu marre... la terre, c'est difficile... On est trop petit... pour s'en sortir, il faut être plus grand. Trop petit, ça ne rapporte rien. Faudrait pouvoir acheter du matériel, avoir des terres, être bien plus grand, emprunter, avoir des sous... mais voilà...

Et il conclut avec humour :

— Des sous, Jeanne, c'est pas qu'on veut pas les dépenser, c'est qu'on n'en a pas ! Pas vrai ?

Il rit puis redevient sérieux, il ajoute :

— Et puis même, on n'est déjà plus des paysans.

Ce mélange de gravité et d'humour traduit, me semble-t-il tout le désabusement de ces paysans qui voient « la terre changer ». Les exploitations s'agrandissent, on s'équipe d'engins efficaces, on change de rythme, de fonctionnement... La Terre change parce que les campagnes se modifient : on arrache les haies pour agrandir les prés, on supprime les vignes, on aplanit les terres, remembre les parcelles... bref, le paysage lui-même se transforme en même temps que les techniques se développent... La campagne prairiale, florale, pastorale s'en va ; la campagne expansive se profile. La pensée dominante nous habitue désormais à penser que l'activité agricole devrait être, en termes d'emplois, résiduelle : l'augmentation de la productivité agricole, l'urbanisation galopante, l'évolution vers une société de services devaient rendre marginal ce qui a constitué l'armature des civilisations pendant des siècles. Ainsi, on tourne une page... c'est cette page à tourner que pressentait Théo, c'est cette page qui se tourne définitivement qu'exprime Emile...

Autour de cette idée d'expansion, les politiques se sont en effet organisées avec obstination considérant l'espace agricole comme une simple réserve de l'expansion urbaine, ignorant les effets environnementaux d'une agriculture ultra productiviste.

Entre 1902 et 2007, la productivité du travail agricole a été multipliée par 26 ; cela signifie qu'un paysan produit vingt six fois plus aujourd'hui qu'il y a soixante ans. Cela peut-il continuer ? Là est toute la question. A l'évidence, non. Et d'autant moins que ce calcul, qui mesure le progrès et la modernité, oublie les effets « collatéraux » de cette évolution spectaculaire : érosion des sols, pollution des nappes phréatiques, baisse de la biodiversité, utilisation de plus en plus massive de pesticides et d'antibiotiques, destruction de l'emploi paysan...

Bien évidemment, ni Théo, ni Emile ne pouvaient mesurer l'importance de cette évolution, ni les conséquences, mais leurs interrogations traduisaient sans aucun doute la lourde inquiétude du changement qui s'annonce en 1953 et qui trente ans plus tard, aura fait un bond vertigineux.

Comme celles et ceux qui comme lui ont vécu la première moitié du siècle (1897-1953), génération écrasée par la guerre, leur jeunesse fut baignée du souvenir de la blessure sanglante de 14-18, de ses massacres, des souffrances de notre terre, d'un héroïsme presque vain et si lourd à porter. Après que la crise de 1929 eut assommé les économies, ils ont vu se profiler une vie meilleure bien que particulièrement laborieuse. Mais les tambours de la guerre recommencèrent à battre, annonçant une nouvelle barbarie. Le retour du canon vole à nouveau la jeunesse de l'époque, la jetant à nouveau dans la peur, la misère, le combat, l'oppression sous le regard glacé de l'humanité.

On ne peut comprendre le problème à résoudre en ce début du troisième millénaire si l'on oublie la jeunesse gâchée des jeunes hommes et des jeunes femmes de cette génération, dans les pays d'occident, et l'ardeur qui s'est emparée d'eux quand est venu le temps de la « libération »... Enfin, le vertige de la guerre semblait conjuré. Enfin, l'horizon était bleu, comme l'infini... « Les trente glorieuses » allaient bientôt décider de l'expansion de la richesse matérielle sans précédent et des congrès considérables.

Mais nos générations ont grandi comme si leur enfance devait durer toujours, et ont pris pour certain ce qui était un moment de l'histoire. Ainsi avons-nous continué à produire, travailler, consommer sans voir que nos joyeux lampions perdaient de leurs couleurs, que nos ambitions s'étiolaient et que notre candeur juvénile se transformait en égoïsme sinistre ? Nous avons cumulé une invraisemblable montagne d'avoirs, sans comprendre que notre être s'abîmait. Gavés de télévision, enfants-rois devenus hyper libres, ne nous sommes-nous pas crus désormais sans soucis ?

Ce rêve, hélas, n'est qu'une tromperie que nous découvrons un peu tard, en réalisant que les parents gâteaux sont des matérialistes avides, que la riante société du spectacle célèbre la pornographie et le sport mercantile... en mesurant combien le mépris affiché pour la politique et le bien commun se dévoile comme l'arme de la domination... en prenant conscience que la crise écologique fait rouler de sombres nuages dans le ciel qui s'obscurcit et que l'économie sonne la fin des temps faciles. Faut-il se plaindre ? Non, les générations d'aujourd'hui doivent relever le plus grand défi qu'ait eu à connaître l'histoire humaine : éviter que l'humanité ne soit conduite au chaos, semer les plans de l'avenir, faire fleurir les sociétés de demain. Tâche magnifique, impressionnante, incertaine que celle de retrouver impérativement le sens de l'homme pour une nouvelle « libération ». Nécessairement culturelle, celle-là.

La petite aiguille.

Je devais avoir sept ou huit ans, je regardais par la fenêtre de la cuisine de la ferme, le nez collé contre la vitre. Sur la bande de terre qui longeait le ruisseau en bordure de chemin d'accès, des fleurs jaunes s'éclataient au soleil. Un peu plus loin, près du bassin-lavoir, « la Rosine » et « La Fanchette » papotaient. Au-delà de la route, longeant la maison du cordonnier, François Delorme le boulanger, revenait du four, les bras chargés de gros pains ronds, bien en croûte.

Jeanne, ma mère était là, assise à la machine à coudre face à la fenêtre. Elle actionnait la pédale qui faisait tourner la grande roue dont le mouvement entraînait le va et vient, de haut en bas, de cette aiguille magique capable de toutes les coutures. Je détachais mon nez de la vitre, fasciné par la Singer alors en pleine action. Jeanne se mettait alors à fredonner la chanson de « la petite aiguille ».

> « *La petite aiguille docile, docile, docile,*
> *Qui pique et repique*
> *Avec courage, sans rage*
> *Avec ardeur, sans peur*
> *Petite aiguille je t'encourage...*»

La chanson disait donc vrai. La petite aiguille, c'est vrai, piquait avec ardeur, je pensais vraiment que la voix douce de ma mère l'encourageait, et cela me paraissait tout naturel... On était bien ; j'étais bien, bercé entre le ronron de la machine et la voix de ma mère avec une petite aiguille impatiente et infatigable. Quand on cueille ainsi des moments de bonheur, on les garde, on les embellit même. C'était le temps où notre mère chantait...

Pour être un homme.

J'avais neuf ans, nous étions un dimanche de juillet, Théo se rasait devant une petite glace pendue à la poignée de la fenêtre de la salle à manger, ce moment du rasage tous les dimanches matin m'intriguait. Je m'arrangeais pour m'approcher de la fenêtre et regarder ce grand rasoir à couteau qui coupait sa barbe en faisant un bruit très particulier. Comment ne se coupait-il pas ? Comment pouvait-il raser les poils de son menton qui n'était ni droit ni plat ? Je regardais mon père avec curiosité et admiration pour son adresse, mais je n'osais pas lui poser de questions :

— Quand tu auras dix huit ans, me dit-il, ce jour-là, comme s'il devinait mes pensées, tu commenceras à te raser. Mais avec un rasoir moderne.

Il nettoya son rasoir, le replaça dans son étui puis il dit en le rangeant sur le dernier étage dans le placard du mur :

— Il ne suffit pas d'avoir de la barbe pour être un homme. Pour être un homme il faut le vouloir. Et le vouloir c'est choisir. Tu seras un homme toi, j'espère.

Il n'en dit pas plus, j'eus conscience qu'il m'avait dit quelque chose d'important sans bien comprendre pour autant ses formules un peu abstraites.

Au fil des années l'énigme allait pourtant se dissiper pour donner un sens clair, fort et permanent à ce qu'il me dit ce dimanche matin de 1939. Cela devait commencer d'ailleurs dès le lendemain. En effet je devais être admis à l'hôpital des enfants à Genève pour une scoliose naissante. Une fois allongé sur un lit trop dur, dans le grand espace blanc et froid où d'autres enfants alités eux aussi, chuchotaient, geignaient, appelaient une infirmière... je sentais en moi monter l'angoisse et les larmes. Les paroles de mon père me revinrent alors à l'esprit et, sans bien les comprendre encore, j'y trouvais un réconfort, je décidais alors de résister à l'angoisse, de faire confiance et de ne pas pleurer. Je pensais alors qu'en quelque sorte, je répondais ainsi au souhait de mon père que je devienne un homme.

Plus tard, et au fil des années, les occasions n'ont pas manqué d'être mis en situation de comprendre plus précisément son « vouloir » et son « choisir » pour être un homme. « Vouloir » c'est le principe de base ; chacun veut être un homme, c'est commun, c'est relativement simple. Par contre « choisir » c'est plus compliqué, plus difficile parce que faire le choix des valeurs au nom desquelles j'agis, je prends une décision d'homme, j'exerce ma liberté d'homme. J'ai toujours la possibilité de vouloir être un homme, mais je ne deviens pas le même homme suivant que je choisisse d'agir au nom de la justice ou de l'arbitraire, au nom de la loyauté ou de la tricherie, au nom de la vérité ou du mensonge, au nom du partage ou de l'égoïsme, au nom de la franchise ou de la lâcheté, etc. J'ai compris l'énigme de mon père quand j'ai réalisé que le « choisir » était un défi permanent ; le défi de l'homme pour devenir UN homme.
Ce père, Théo, avait la parole rare mais lourde de sens.

Le rêve, leur rêve...

Un jour Jeanne notre mère, René Fol appelé Guy Calonier et moi, rentrions de Raclaz à pied. Raclaz est un hameau de la commune de Dingy en Vuache où se trouvait une part importante des vergers de la ferme. Nous traversions La Fontaine ; Jeanne regardait les maisons de ce petit hameau de Vulbens :

— Si au moins on avait tous une maison à nous, dit-elle, au lieu d'être toujours chez les autres.
Cette remarque, imprégnée d'une certaine tristesse, me remplit d'interrogations. J'avais alors 16 ou 17 ans. Je pris conscience,

je crois ce jour-là ce que pouvait signifier pour eux, Jeanne et Théo, ce désir, cet espoir d'avoir un jour un « chez eux ».

— Un jour, on pourra peut-être... conclut Jeanne, toute à son rêve, poursuivant notre route.

A quelque pas derrière nous, Calonier – il était bègue – parvint à grand peine à sortir cette phrase :

— Moi, j'vou...j'vou... J'voudrais qu'vous ga... ga... gagniez des mi... millions, avec Théo.

— Merci, Guy, dit Jeanne en riant.

Ce rêve, se réalise en 1952 quand ils réussirent à acheter la maison Charvin à Faramaz. Même si Jeanne dût la revendre quelques années plus tard, même si Théo, lui hélas, n'eut pas la chance de l'habiter, ils eurent le temps de partager le plaisir de se dire qu'ils étaient enfin parvenus à acquérir un « petit chez eux ». Cet espoir, longtemps caressé, chassait enfin les servitudes, heureuse revanche d'une enfance pauvre et d'une vie de peines, qui refuse la fatalité.

Vulbens a été, pour l'essentiel, leur lieu de vie, leur lieu de peine, leur lieu d'espoir. Ils se sont pendant plus de vingt années enracinés dans cette terre où mûrirent leurs moissons et grandiront leurs enfants au milieu d'une communauté humaine chaleureuse, pittoresque et accueillante.

Parlons un peu de ce village, Vulbens qui mérite que l'on s'attarde sur son caractère particulier, son profil insolite qui donnait à l'époque à cette terre du Vuache une fertilité étonnante. Espérons qu'elle se prolonge encore...

Vulbens

Dans ce secteur du Vuache, aux confins du département, en bordure du Rhône les deux communes de Chevrier et de Vulbens vivaient en symbiose dans bien des domaines : la paroisse était composée des deux villages, plus celui de Dingy-en-Vuache, et constituait un lien puissant entre les habitants.

Cette communauté humaine globale représentait une mosaïque composée d'une diversité de groupes, de cultures, de croyances, de professions, de pratiques différentes mais unifiées par un sentiment d'appartenance forte au village et par une volonté de vivre ensemble en partageant des bonheurs et des malheurs communs.

Vulbens, par exemple, on peut dire que cet espace vivant était une véritable cour des miracles, mais heureusement, celle-ci, simple, limpide, naturelle et en même temps grouillante d'événements de nouvelles, de « on dit », d'anecdotes qui traduisaient la vitalité du village.

Regardons de plus près cette population, dans ces différentes composantes, ses caractéristiques, ses personnalités, son originalité... A Vulbens, il y avait les catholiques et les autres ; deux grandes « familles » locales. Les catholiques, « ceux qui vont à la messe », j'entends, c'était pour citer les plus importants numériquement et en fonction de l'image qu'ils offrent, les Gay du chef-lieu et de La Fontaine, les Benoît, de Faramaz, les Catry, les Sappey, les Debulle, les Excoffier, les Bétemps, les Sarrasin, les Fol, les Futy (c'est comme cela qu'on appelait les Caul-Futy)... Les autres, ceux qui n'allaient pas à la messe, regroupaient les Benoît de La Fontaine, Rey, Reyrolles, Shlappi, Magnin, Mermin principalement, mais tout le monde s'entendait bien, dans un esprit de tolérance absolue. A Chevrier, on retrouvait la même séparation entre les Marmilloud, les Rosay et les Châtelain d'une part et les Mermier, les Carrel et les Bozon d'autre part.

Les catégories professionnelles : agriculteurs, commerçants, artisans, les professions libérales et fonctionnaires identifiaient cette population en attribuant à chacun un statut particulier et un rôle social particulièrement pertinent. Tout ce monde, dans sa diversité, avait en commun un objectif : faire vivre une communauté humaine en harmonie, chacun selon ses choix et ses idées, mais en partageant des valeurs de solidarité, de tolérance et une exigence d'éducation commune.

De plus ce village était riche de personnalités diverses, sérieuses, pittoresques, comiques, étonnantes, formant un éventail de dons, de compétences, de talents qui donnaient à Vulbens un éclat particulier. J'en cite quelques uns, auxquels j'ai déjà fait allusion par ailleurs : le Curé Dunoyer, un vieil ascète d'une rigidité et d'une orthodoxie étonnantes qui considérait ne pas avoir passé un bon dimanche, sans doute, s'il n'avait pas flanqué quelques « soufflets » aux garçons pendant la messe ou mis à genoux quelques autres pendant la durée des vêpres. Nous avions une peur bleue de ses colères.
Monsieur Reyrolles (Max), le directeur de l'école, enseignant exemplaire, citoyen modèle, laïc au sens le plus riche du terme, infiniment respecté, qui a instruit et éduqué plusieurs générations de petits Vulbanais.
Alphonse Rey, le « Maréchal » (maréchal ferrant) qui dans sa forge faisait la leçon à sa manière aux quelques chenapans qui osaient entrer dans l'antre.
Jean Sarrasin, dit « Pipo » dont les chansons, debout sur la table, amusaient la galerie et qui avait acquis une renommée de « comédien particulièrement talentueux » dans le rôle de « paluche » au théâtre du village.
Raymond Lion, le grand metteur en scène et animateur du théâtre et des fêtes locales.
L'Angélique (Angélique Pasquier) la gouvernante de curé Dunoyer, presque aussi raide que son maître, et ordonnatrice impitoyable de toutes les cérémonies et autres fêtes votives.
Albert Benoît (dit le Grand) grand joueur de boules, grand orateur, grand imprécateur, avec qui il valait mieux ne pas entrer en conflit.
Georges Gay (M. Gay), longtemps maire du village, aviculteur, propriétaire de plusieurs fermes, habitant une grande maison

blanche au cœur du village, homme distingué, discret, respecté.
Marius Fol (le Géomètre) homme discret, sérieux, de bon conseil, particulièrement apprécié.
Marcel Benoît, dit « Marel » un homme des bons mots.
Henri Magnin, costaud, solide célibataire qui n'hésitait pas, le soir devant la fruitière, à chanter d'une voix magnifique « La paimpolaise », « La chanson des blés d'or » ou « J'irais revoir ma Normandie » devant un parterre de jeunes impressionnés.
Guy Calonier, célèbre pour son bégaiement, ses boutades et sa chanson préférée « Les Allobroges » qui ne jaillissait sans faillir de ses cordes vocales que s'il se frappait du poing, à grands coups, sur la poitrine.
Louis Coignet (dit Boul) vieux garçon, journalier dans les fermes, célèbre par sa moustache à la Gauloise, ses jurons en série et son plat préféré : le chat ; il chassait les matous qu'il fallait protéger de cet Arsène Lupin local.
Marthe Gay (dite Marthe au fils), propriétaire de la ferme, habitant une fastueuse maison à la Fontaine, bonne chrétienne et grande donneuse de leçons de morale, que les enfants craignaient et que ses fermiers redoutaient...

Vulbens, c'était un laboratoire où s'inventaient des projets, surgissaient des idées, une fourmilière dans laquelle chacun, selon son statut, occupait sa place et jouait son rôle, une scène de théâtre où se produisaient des acteurs d'exception, aux talents multiples et variés, une ruche où le travail était dense mais où il faisait bon vivre de cette douce chaleur sous les coteaux verdoyants du Vuache.

Ce village, ajoutons-le, a été aussi une pépinière de prêtres, dont le plus connu, à été Jean Delorme, l'éminent exégète, dont la réputation mondiale en a fait une sommité qui fait honneur à son pays et dont souffrait sa parfaite discrétion.

Camille Benoît (de la famille des Benoît « Auguste »), longtemps responsable diocésain des équipes enseignantes.
Joseph Gay (de la famille dite « Bon cœur ») longtemps curé de Cordon, Victor Benoît (de la famille Benoît « célestin »), longtemps curé du Sappey, Joseph Prodhon (de la famille dite « nankin ») Père de Notre Dame de la Salette, Gilbert Debulle, de la Fontaine, Vicaire Général du Diocèse en retraite à Annecy.
Là encore les temps changent puisque cette fertilité de la terre Vulbanaise, dans ce domaine, n'est plus ce qu'elle a été.
Mais la terre reste la terre. Si les saisons, les époques, les générations se succèdent, elle reste une promesse, une espérance...

Trois autres personnalités, issues, elles, de Chevrier et de Dingy-en-Vuache ont fortement marqué la communauté Humaine intercommunale que formaient Chevrier, Dingy et Vulbens.
Il s'agit d'Edmond Marmilloud, Maire de Chevrier a 23 ans, entreprenant, énergique, militant de la JAC (Jeunesse Agricole Catholique), résistant de l'intérieur, efficace et reconstructeur acharné de son village, incendié en 1944 par l'occupant.
Il s'agit également de Jean Rosay, résistant lui aussi et jeune Maire également de son village, Dingy-en-Vuache, qui reste un grand témoin de cette époque troublée.
Saluons enfin la mémoire d'un autre Jean Rosay, originaire de Chevrier, celui-ci, prêtre, devenu Curé de Douvaine, déporté pour avoir secouru des Juifs, mort en déportation, décoré de la médaille des justes.

Dans l'espace de 92 années

Voilà, retracées, dans l'espace de quatre vingt douze années (1897 – 1989), deux vies, celle de Jeanne et celle de Théo. Deux vies marquées par les deux sanglantes guerres du siècle qui ont privé Jeanne d'une enfance insouciante et volé la jeunesse de Théo. Deux vies blessées par de dures épreuves familiales, deux vies rivées au destin de ceux qui naissent pauvres, ce qui signifie, non seulement travail dur et privations, mais aussi culture de la discrétion, de la soumission, du silence, de la révolte maîtrisée...

Dans le même temps, voilà deux vies qui vont exprimer constamment leur volonté d'échapper à ce NON DROIT qu'ont constitué l'insupportable dépendance permanente à un autre et les limites exaspérantes apportées à leur liberté. La ferme a été à cet égard, et pendant plus de vingt ans, le haut lieu de ces contraintes et de cette recherche de reconnaissance.

Il vont finalement réussir l'un et l'autre, dans cette quête d'émancipation, à force de travail, de l'audace d'entreprendre, de volonté d'exister socialement, de foi, de mélange de patience et de ténacité... Grâce enfin à l'équilibre trouvé entre deux tempéraments : celui, avisé mais ombrageux de Théo, et celui pragmatique et volontariste de Jeanne.

Jeanne vécut assez longtemps pour exercer cette liberté acquise ensemble, pour manifester son indépendance d'esprit, pour dire haut et fort ce quelle avait à dire. La disparition de la tutelle liée à la ferme et l'acquisition d'une maison à elle, en fit une femme qui se révélait entreprenante et rebelle. Théo, lui, vécut hélas, trop peu d'années pour jouir de cette même liberté de mouvement et d'esprit. Il n'habitera jamais sa maison achetée en 1952, il ne se libèrera pas des craintes du « bail à la ferme » et des caprices et vexations de la propriétaire...

Mais malgré tout, il aura été, à sa manière, un homme de liberté, un homme d'indépendance ; l'homme libre et indépendant qu'ont révélé ses choix, ses valeurs, ses engagements, ses émotions, et, bien sûr... ses colères.

En parcourant leur histoire, en retraçant leur chemin, en relisant

leur correspondance, j'ai rencontré leurs souffrances, leurs joies, leurs soucis, leurs angoisses. Je les ai revus, entendus rire, parler, pleurer.
J'ai entendu Théo, jeune père, chanter « La Madelon », « Soldat lève-toi » et « Le Petit Navire ».
Je l'ai revu pleurer, assis au bout de la table,
Un jour de septembre 39 où fut déclarée la guerre.
Je l'ai retrouvé riant, heureux, à la libération.
Je l'ai revu enfin, silencieux...
J'ai entendu Jeanne, jeune mère, fredonner la chanson de « la Petite Aiguille » en cousant devant la fenêtre de la cuisine.
Je l'ai réentendue houspiller Oscar, sermonner sa sœur.
Je l'ai retrouvée nous disant « Buvez le vin chaud de Noël ».

Cette histoire retracée à grand traits, de Jeanne et Théo est bien sûr incomplète et imparfaite.

Ils ont été, comme beaucoup d'entre nous, sans nom et sans fortune, prisonniers d'un siècle qui a vécu des crises successives, qui a secoué la société occidentale jusque dans ses fondements et écrasé les hommes. Jeanne et Théo ne sont pas des héros. Ils font simplement partie de ce peuple malmené qui a fait ce qu'il devait, malgré tout.

Au terme de ce récit qui tente de rassembler les souvenirs d'une famille, je suis insatisfait. Il me semble que tout ce que ma mémoire contenait était plus grand, plus beau, plus original que ce qui est écrit. Mon rêve en fait se heurte à la réalité. C'est tel que nous l'avons vécu, même si Jeanne et Théo étaient eux bien plus que ce qui est imparfaitement exprimé ici. L'important, c'est peut-être cette sorte de message qui traverse les années, exprimé dans le geste, la parole, le comportement et qu'ils ont réussi à inscrire dans nos mémoires, dans nos consciences.

Il y a quelques repères, quelques valeurs qui ont surgi de ce que nous leur avons vu vivre et de ce qu'ils ont souhaité nous transmettre : l'accueil, la solidarité, la chose bien faite, l'honnêteté, le vivre ensemble, mais aussi la foi en l'avenir. Et ce message est plus actuel que jamais. En effet aujourd'hui, seul le présent compte. Il a pris toute la place. On veut tout, tout de suite ; on est avide de changement parce qu'on se veut moderne, pragmatique, performant, on veut tout, on a raison sur tout... Cette rhétorique du changement, du tout immédiat, de la « bougeotte », est un discours sans perspective, sans vision. En refusant la mémoire, les racines, l'histoire, en ringardisant les traces du passé et des cultures, on fragilise inévitablement les comportements, on n'offre aucune construction sur le futur qui puisse solidifier le présent. Sans doute, est-ce le propre des périodes de crise que de considérer que seuls comptent l'aujourd'hui, l'immédiat, le présent ? Toute la question est de savoir si cette sacralisation du présent est sans conséquence et si le présent à lui seul est habitable. A l'époque de Jeanne et Théo, et dans leur propre histoire, le passé, c'est-à-dire la mémoire humaine, avait une place et un rôle dans la construction des émotions, la fabrication de l'opinion, l'émission du jugement, en faisant du temps quelque chose qui compte. La part du projet, du futur, dans la vie, était importante. Jeanne et Théo comme d'autres de leur génération et de leur condition, s'ils vivaient des temps difficiles, et s'ils étaient soumis à des servitudes lourdes, ne s'accommodèrent ni de l'enfermement ni de l'immobilité. Ils reconstruisaient en permanence leur temps, reprenaient, à chaque obstacle, goût à l'avenir et retrouvaient à chaque fois la capacité d'espérer, de résister, d'agir. C'est là qu'est sans doute l'essentiel du message, dans l'idée que l'homme ne sait vivre et penser qu'en avant de lui-même. Quand une profonde et précieuse attente le déloge sans relâche du présent, pour faire apparaître, à force de travail, de volonté et d'espoir, le visage de l'avenir.

C'est ainsi, là est la dignité. La joie qui nous manque, celle de l'autre, du printemps, des lilas, des projets, est à puiser là, dans ces espoirs, ces rêves, ces curiosités et ces colères, ces arbres à planter, ces maisons à remplir, ces balcons à fleurir, ces engagements à oser, comme ils l'ont fait.

Ils l'ont fait comme des milliers, des millions d'autres, issus de la même terre, construits dans les mêmes espaces, qui ont subi les mêmes contraintes, les mêmes guerres, les mêmes servitudes mais qui ont gardé l'espoir, cet espoir qui fait qu'un homme existe parce qu'il se sait homme d'abord, construit de sens. Là est toute la différence entre eux et nous, ceux du siècle dernier et ceux du nôtre, entre leurs sociétés et les nôtres.

Les servitudes d'hier les ont blessés, abattus, écrasés parfois mais ils émergent par l'espoir, inscrit dans leur corps, dans leur esprit, dans leurs actes.

Les servitudes d'aujourd'hui, d'une autre nature, nous submergent, nous angoissent et nous ne sommes pas sûrs de pouvoir y faire face parce qu'il manque aux individus que nous sommes - consommateurs et usagers d'abord - de donner un SENS à l'homme et à l'Humanité.

Je ne peux pas m'éviter de fouiller cette comparaison entre les époques, en jetant un regard sur le siècle passé, et même un peu au-delà, de 1868, année de la naissance de Basile à 1989, année de la mort de Jeanne, le diagnostic est impressionnant sur les mutations de cette époque.

Qu'il s'agisse de cultiver la terre, d'élever les bêtes, d'éduquer les enfants, de se déplacer d'un village à un autre, de communiquer avec d'autres, etc. tout s'est profondément modifié. De plus, les guerres successives ont déversé sur ce monde leurs flots d'atroces souffrances et de destructions, leurs vagues de haines et de vengeances, entraînant un peu partout lâchetés, séparations, trahisons, mensonges, meurtres...

Aujourd'hui, dans nos années 2000, la société que nous produisons change, elle, à un tel rythme qu'elle ne peut être comparée à aucune ce celles qui l'ont précédée.

Tout change, absolument tout : notre alimentation, nos habitations, nos moyens de transports, nos familles, notre travail, nos sciences, nos relations aux autres, jusqu'à notre durée de vie... Tout change, dans un étrange et perpétuel tourbillon de consommation, et production mondialisées.

Les guerres existent encore. Elles sont périphériques, toujours aussi ravageuses mais elles n'atteignent ni notre sol ni notre appétit de consommation... Elles touchent les autres.

A regarder les deux siècles et les bouleversements qu'ils ont entraînés, on mesure avec étonnement le décalage entre les formidables avancées technologiques et scientifiques et l'incroyable sclérose politique à laquelle nous assistons.

En effet, tout change, chaque jour, tout sauf la composante la plus essentielle de toute société : nos modes de gouvernement.

D'hier à aujourd'hui, nos souverains anciens comme contemporains, trônent dans leur palais, décident en dernier ressort de la guerre et de la paix, de la distribution des ressources, du destin des peuples et de celui de leurs concitoyens. La démocratie nous a doté d'une somme de libertés appréciables, elle nous a laissé peu de prérogatives. Nous leur déléguons la souveraineté, ils l'exercent comme si la conscience sociale s'était endormie.

La preuve, c'est que partout, nous voyons croître des logiques de violence et de peur. L'humanité semble à nouveau se diriger vers la guerre, mais il ne s'agit plus du modèle classique des guerres entre Etats.

Cette guerre vers laquelle on roule ressemble à une sorte de guerre civile mondiale qui se joue sur deux fronts ; celui des terrorismes qui n'épargnent pas les innocents, les femmes, les enfants et celui des Institutions qui sont censées garantir et promouvoir la paix, la sécurité, la liberté ; d'où l'extrême difficulté à la combattre.

Nos sociétés sont ainsi de plus en plus prisonnières de deux logiques : une logique de guerre économique et une logique de guerre de civilisations. Elles s'entretiennent mutuellement, alors que se dessine la tendance lourde d'un capitalisme autoritaire qui laisse toute liberté aux capitaux et réduit celle des personnes en utilisant la menace terroriste commode pour justifier les mesures qui entravent les droits individuels et collectifs.

Ce capitalisme autoritaire prend des formes diverses : il ne se limite pas aux Etats-Unis de G. Bush, on le voit en Chine où la nomenclature du régime a réussi un compromis entre le maintien de la dictature communiste et un ultralibéralisme économique ; on le trouve dans la Russie nouvelle où le retour à un régime despotique est générateur de violence et d'arbitraire, on le voit également inonder le monde Arabe où le fondamentalisme sert à faire oublier la misère des peuples; il a gangrené Israël lourdement atteint culturellement et moralement ; il a pénétré l'Europe qui ne résiste pas à la mise en cause de ses modèles sociaux ni à la régression de libertés.

Désormais, un peu partout cette dérive mondiale développe la peur, le fatalisme, le repliement sur soi en même temps que ceux qui en bénéficient exposent bruyamment leur délire de puissance.

Ces pulsions économiques, militaires, religieuses à caractère violent sont d'autant plus absurdes et préoccupantes que l'humanité est confrontée à des défis nouveaux, inédits, déterminants - écologiques, sanitaires, humanitaires - qui menacent la collectivité humaine et appelleraient une volonté de réponse collective et solidaire.

Alors que toutes les conditions matérielles suffisantes pour dépasser, et de loin, la lutte pour la survie, sont aujourd'hui réunies, notre monde est en proie aux angoisses et aux rivalités. La contradiction dans laquelle nous sommes se traduit par la peur de l'avenir et la peur d'autrui. Ces peurs conduisent un certain nombre à accumuler de la richesse et du pouvoir au détriment des autres. Tout un système est mis en place – fonds de pension, déficit organisé, croissance artificielle – pour permettre une économie spéculative qui autorise un formidable accaparement mondial des richesses. Nos sociétés sont malades, au sens propre comme au sens figuré, de la formidable angoisse que génère le discours économique dominant, et des dérives auxquelles il entraîne (zones de non droit, croissance de la consommation de drogues, multiplications d'organisations criminelles, montée des fondamentalismes, espaces de pauvreté, division sociale...)

Nous sommes ainsi face à des pathologies collectives qui se sont constituées d'une part par la guerre économique, d'autre part, par l'intégrisme et la purification ethnique. Nous sommes dans la perte de sens. La guerre économique sans véritable causes économiques remplit une vraie fonction culturelle: elle fait de l'idée, de l'image de « lutte pour la survie » un objectif majeur et incontournable qui supplante désormais la notion ancienne de « compétition dans la croissance ». Cette « culture de crise » fait de l'entreprise le lieu central de la vie et autorise de gérer les groupes de populations en « classes dangereuses », pauvres, étrangers, marginaux - derrière l'objectif proprement économique - de manager les consciences, les comportements.

Nous sommes loin désormais des sociétés des années 1900-1950. L'univers dans lequel ont vécu Jeanne et Théo, déchiré par les guerres, bousculé par les avancées technologiques, faisait de ces milliers, de ces millions de citoyens modestes, de ces gens des campagnes et des villes, femmes et hommes - certes moins consommateurs avides et jouisseurs insatiables - un peuple capable de préserver un certain art de vivre et de le cultiver. Il en faisait des communautés capables de ne pas se vendre pour assurer leur subsistance. Des femmes, des hommes capables de juger la motivation pécuniaire à sa juste valeur. Des hommes et des femmes reconnaissant l'amour de l'argent uniquement comme moyen de se préoccuper des plaisirs de la vie pour ce qu'il est : un état morbide qui conduit aux pires modèles de comportement.

Ces femmes et ces hommes, nos grands-parents, nos parents, Jeanne et Théo on été les témoins, les sujets, les victimes aussi, souvent impuissants, des bouleversements sociaux et des forces de l'histoire de leur siècle, chaotique et déboussolée. Ils ont appréhendé le changement avec prudence, curiosité et espoir; espoir d'un mieux vivre pour leurs enfants surtout. Ils sont restés ce qu'ils étaient, des gens de la terre, enracinés dans une culture d'humanité, qui savent qu'il faut labourer, puis semer, pour que poussent l'avoine et le blé; qui savent qu'être « à la bonne heure » comme ils disaient, c'est d'abord vivre intensément le présent, et que cela relève souvent d'un choix.

Le changement d'aujourd'hui tombe dans un quotidien qui l'ignore. Nous recevons les innovations avec un pessimisme blasé comme si nous ne voulions pas voir que nous sommes, les gens de ce siècle, les premiers acteurs sur une scène historique renouvelée de fond en comble.

Là est, un peu la différence entre eux, les anciens, et nous. Nous avons, je crois, plus de difficultés à nous arrimer à des repères solides, fixés, fondamentaux. Notre société nous en propose trop; ils ne sont pas bâtis sur le rocher mais sur le sable, comme des feux qui flottent sur le rivage.

Jeanne et Théo, comme beaucoup de ceux de leur époque, se sont rivés sur des ancrages solides et rassurants, la foi, l'espérance, la volonté de pacifier leurs rapports à autrui. La guerre à autrui d'ailleurs, la plupart des sagesses et des traditions spirituelles nous le disent, résulte de notre absence de vie intérieure. Ces ancrages en ont fait des êtres d'existence qui ont su assumer leur histoire en participant à l'histoire de leur propre société.

L'espoir est là, dans l'herbe qui pousse, verte et vigoureuse, qui perce irrésistiblement le sol nu et dur, que bétonnent rageusement ceux qui veulent que dure le temps des servitudes.

« J'aimerais toujours le temps des cerises
Et son souvenir que je garde au cœur. »

Arbre généalogique

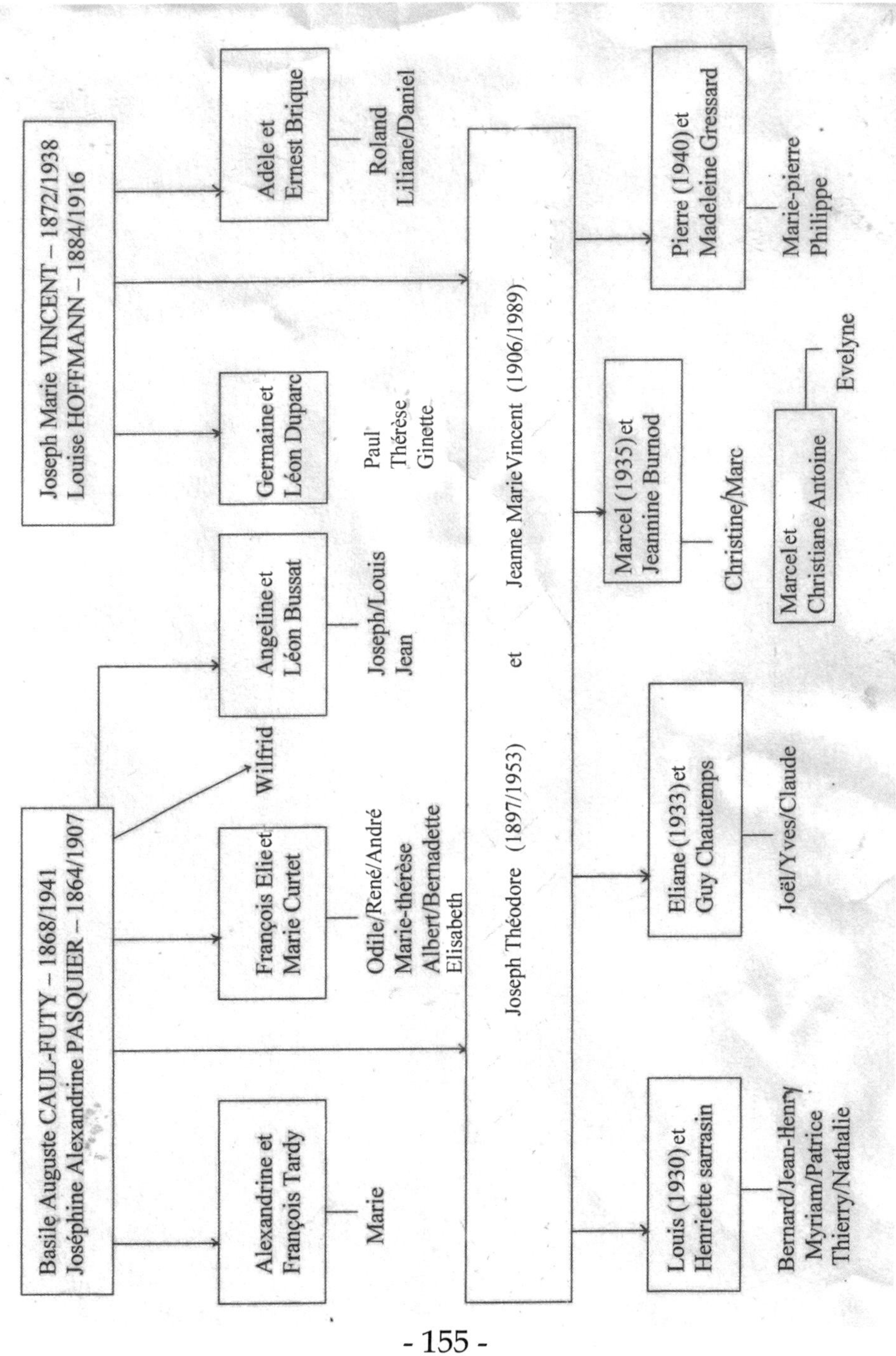

Biographie

Louis Caul-Futy est né à Genève, en 1930. Il a vécu son enfance à la ferme familiale de Vulbens. Puis, il a suivi ses études secondaires en internat à Thonon les Bains.
En 1953, il entre chez Bourgey Montreuil Entreprise Générale de Transports à Cluses, où il restera quinze ans. En 1959, il crée à Cluses, la première Association Populaire Familiale (APF), bientôt suivie de celles de Sallanches et d'Annecy. Il préside la première Fédération Départementale des APF de Haute Savoie.

Dix années plus tard, en 1969, il est sollicité par les dirigeants de la Confédération des APF pour prendre un poste de secrétaire national. Il part alors pour Paris avec Henriette, son épouse courageuse et ses six enfants. C'est un énorme défi. En 1973, il devient Secrétaire Général de la Confédération. En 1974, il entreprend de convertir ce mouvement familial en une grande organisation populaire de consommateurs et d'usagers; la CNAPF devient ainsi en 1976 la CSCV. (Confédération Syndicale du Cadre de Vie) dont il est le premier Secrétaire Général. La CSCV est aujourd'hui devenue la CLCV.

En 1979, il quitte Paris pour Belfort. Il répond ainsi à la proposition de Jean Pierre Chevènement, député, puis bientôt maire de Belfort et ministre, de mettre sur pied une politique de formation et d'éducation permanente sur le Nord Franche Comté. En cinq ans, il crée et dirige une Université Populaire, un Centre de Préformation, une Mission Départementale pour l'insertion des jeunes et une Entreprise d'Insertion, « la SOPRORES ». En 1981, il est nommé membre de la Commission du Plan par le Ministre du Plan, Michel Rocard et en 1985, il devient membre du Conseil National de la Vie

Associative. Il quitte Belfort et retrouve Paris en 1985 où il est Chargé de Mission à l'ADEP (Agence Nationale pour le Développement et l'Education Permanente) dans le cadre des politiques nationales et internationales de développement et de coopération. Responsable du Département International en 1987, il s'établit à Rabat pour y conduire des missions en Afrique, dans le Pacifique et en Europe de l'Est, principalement. En prenant sa retraite en 1992, il revient en Haute Savoie et se fixe à la Roche sur Foron. Il crée en 1993, la première Université Populaire du département qui va s'enrichir d'une dizaine d'autres en une quinzaine d'années. Il préside la Fédération Départementale des Universités Populaires Savoie Mont Blanc jusqu'en 2008. La semence a été bonne...

Formé au contact des réalités sociales et économiques, au choc des cultures du monde, à l'épreuve des complexités politiques, il croit en l'homme en étant convaincu que pour vivre ensemble, les hommes ont besoin d'avoir en commun quelque chose qui les dépasse...

Remerciements

Ce livre a été réalisé grâce à la collaboration active de ma soeur Eliane et de mes frères Marcel et Pierre que je remercie. Merci également à ma cousine Marie Betemps et à mon neveu Joël Chautemps. Merci encore à Geneviève et Pierre.

Table des matières

Achevé d'imprimer en France
Imprimerie Cusin
Bourgoin-Jallieu